풍란의 향기

유재원
에세이

풍란의 향기

유재원
에세이

머리말

바람의 난, 풍란風蘭을 꼬리난초라고도 부른다. 잎 모양에 따라 대엽풍란 소엽풍란 두 종류로 구분되고 꽃말은 '참다운 매력'이다.

석곡石斛은 난초과로 상록성 여러해살이식물이다. 숲 속의 바위나 나무줄기 절벽에 붙어 자란다. 줄기는 여러 대가 뭉쳐 곧추서서 크는데 꽃말은 '고결함'이다.

넉줄고사리는 바위와 나무에 붙어사는 다년 생 양치식물이다. 꽃은 피지 않지만 사철 푸른 식물로 공기 정화에 뛰어난 능력을 가졌다.

이끼는 선태식물에 속하는 작고 부드러운 집단 식물인데 잎과 줄기의 구분이 분명하지 않다. 습기가 많은 고목 바위에서 자란다.

사람은 인격이 있고 나라는 국격이 있다. 이처럼 식물에도 격이 있는데 난蘭은 최상위 고등식물에 속한다. 시간이 흐를수록 뿌리와 이끼가 돌을 덮고 일상에 운치를 더해주는 석부작石附作은 자연의 향기와 절경을 축소하여 집안에 옮겨놓은 하나의 작품이다.

진실은 언제나 과거에 있다. 오늘도 풍란과 석곡 넉줄고사리 이끼가 저마다 소담하게 붙어사는 자연석을 보며 '춘화현상春花現象' 추운 겨울을 견딘 삶이 봄꽃으로 개화하는 의미를 짚어본다.

유재원

차례

5부 풍란정치

1부

풍란사랑

풍란사랑 1

고요해서 좋았다.

'참다운 매력' 한번 꽃향기를 맡으면 깊은 내면에서 분출되는 마력에 반하지 않을 수 없는 풍란은 뿌리가 공기 중에 노출되어도 잘 자라는 착생란이다.

풍란이 천년 가도 변하지 않는 수석에 뿌리를 튼실하게 내렸다. 석곡, 넉줄고사리, 이끼와 함께 자연의 향기를 파랗게 불러들었다.

난과 수석을 동시에 감상하는 즐거움이 연기 없이 불타는 청춘으로 다가온 봄의 끝자락, 생각지도 못한 풍난꽃이 빛바랜 세상의 천을 들추고 새하얀 얼굴을 내밀었다.

오래 전부터 선조들이 자연을 벗 삼기 위한 운치와 절경을 축소해 집안에 들여놓은 소박한 마음, 석부작이 무엇이든 파괴되는 현실에서 정복되지 않는 자연의 가치를 알게 했다.

'쓸데없이 나서지 말자.' 이 세상에 내 마음에 가득 차는 사랑은 없다. 자기 자랑을 너무 많이 하면 오히려 미움을 받는다. 공치사를 너무 많이 하면 도리어 혐오스러워진다. 생김새가 서로 다른 자연에서 평등한 공정을 찾지 말자. 두마음을 한마음으로 엮은 '동심결' 란과 수석을 바라보면 이미 나의 하루는 깊었다.

동심결同心結은 두 가닥 끈을 엮어 만든 전통매듭공예다. 한마음으로 맺는다는 의미로 혼례 때 많이 쓰이지만 장례를 치를 때도 죽은 사람의 몸이나 유품을 묶는데 사용한다.

중국 당나라 여류시인 설도薛濤의 오언 절구 시, 곁을 떠난 열 살 연하의 남자 원진元鎭을 그리워하는 춘망사春望詞, 봄날의 소망 내용 중 동심결 또는 심동결心同結을 김억金億, 안서는 호이 1943년 동심초同心草, 1930년 1차. 1934년 2차 번역로 다시 번역하였는데

1945년 김성태 작곡으로 가곡 동심초가 태어났다.

  차가운 바닥에 누웠을 때
  누군가 달려와 내 몸에 하얀 천을 덮었다
  이게 죽음인가, 놀란 영혼이 달아났다
  더 이상 쫓겨 갈 곳 없는 이별의 몸
  세상이 마음에 들지 않는다고 분노할 것 없다
  허공을 저어도 손에 잡히지 않는 바람으로
  사철 푸른 풍란은 봄이 떠날 때 꽃을 피웠다

  종로 5가 꽃시장 삼성란원에서 구입한 소엽풍란 청루각이
다. 돌은 오래 전 강원도 인제 어느 산골 하천에 물놀이 갔다
가 발견했다. 비늘 돋친 물고기 형상의 돌이라 왕관 쓴 모습
으로 연출했는데, 다행히 잎은 다복하게 자랐고 뿌리는 꼬리
쪽으로 물살을 가르듯이 거듭 뻗어나갔다.

풍란사랑 2

꼬리가 긴 풍란꽃이 아리랑 문양을 연상하게 했다.

원래 어원이 아닌 한자음을 빌려 아리랑타령阿里娘打令이라고 표기하기도 했던 아리랑 노래는 언제 시작되었을까. 아리랑은 가슴 아리다, 쓰리랑은 가슴 쓰리다로 연관 짓는 것처럼 가슴앓이의 표현이 분명한데 그 시작은 알 수 없다.

신라 박혁거세 아내 알영부인을 찬미할 때 아리랑을 노래했다는 설도 있지만, 멀게는 북방민족 장례문화에서 '슬픔을 견디고 영혼을 신에게 보낸다'는 이별의 노래로 불렸다.

아리랑 어원 30여 종의 설이 내려오는데. 하늘을 가리킨다, 긴 고개를 뜻한다, 큰 강을 말한다, 이런 식으로 설만 이어왔다. 한글에 없었던 맞춤법, 띄어쓰기, 점찍기를 처음 도입한 미국인 호머 베절릴 헐버트^{한국 이름 헐벗} 박사가 1896년 아리랑 악보와 영문 가사를 남기면서 한국인들에게 아리랑 뜻을 물었지만 아는 사람이 없었다.

아리랑 전설이 바람으로 떠돌다
이끼 슬은 바위에 붙어살았다
간혹 새하얀 꽃잎이 노을에 물들어
아리고 쓰린 이별의 흔적을 남겼어도
뒤태가 깔끔한 풍란꽃 향기는
오래 묵은 체증을 개운하게 뚫었다

소엽풍란 청루각이다. 금루각과 같은 종인데 잎이 파랗다. 돌은 남근집이라고 불리는 파주 자운서원 가는 길 콩두부집에서 가져왔다. 돌 가져갔다고 여사장이 한참 째려봤는데 그때 가져오길 잘했다. 얼마 후 콩두부집은 근처로 이사했고 그 많던 수석은 동네사람들이 다 가져가고 남은 게 없다.

남자 사장은 조경사였는데 남근을 힘줄이 불거진 실물처럼 '사실주의'로 섬세하게 조각했다. 보는 사람이 압도당하는 웅장한 남근도 만들었는데 어느 것은 한 달이 더 걸릴 때도 있었다. 같이 술잔을 나누던 남자는 안타깝게 오십대 후반 간암으로 별세했다.

"밑동이 잘려진 메마른 나무에 남자의 본능을 불어넣는 조각, 남근을 시詩처럼 다듬던 남근의 남자를 기억한다."

사실주의寫實主義는 19세기 후반에 성행한 문예사조다. 현실을 있는 그대로 묘사하여 묘사주의라고도 한다. 자연주의 낭만주의와 대립하는 문학사조로 노동자 삶을 작품에 비참하게 담아 공산주의 선전에 이용되고 있다.

풍란사랑 3

소엽풍란 금루각인데 잎이 커서 황제라는 이름이 덧붙여
있다. 몇 년 동안 물을 열심히 준 탓인지 그런대로 잘 자랐
다. 돌은 망원동에 기거할 때 대교이발관 사장이 건네준 나
무화석이다.

'담 모퉁이' 이발관 사장은 술 취하면 자주 담 모퉁이 이야

기를 꺼냈다.

어렸을 때 어머니가 돌아가시고 아버지가 새장가 들었는데, 출근길 아침 아버지가 담 모퉁이 돌아가면 그때부터 새엄마의 가혹한 학대가 시작되었다. 학교에 가면 점심도 굶고 배회하다 아버지가 퇴근한 후에 집에 들어오곤 했다. 국민학교를 졸업하자 곧바로 가출하여 취직한 곳이 손님 머리 감겨주는 이발소였다.

세상은 불행이 다가 아니었다. 밥만 먹으면 교육, 훈련, 작업인 군대 시절 이발특기병으로 차출되어 일조점호, 일석점호에 열외 되는 건 물론이고 천 리 행군, 혹한기훈련, 유격훈련 등 고된 훈련에도 열외 되었다. 당시 유행했던 펜팔로 만난 여자와 결혼하여 지금은 깔끔하게 늙어가고 있다.

아마존강 밀림 속 나비 한 마리의 날갯짓이 태평양을 건너가며 폭풍을 일으킨다. 사소한 변화가 예상하지 못한 엄청난 결과를 초래하는 나비효과다. 나비효과를 최초로 말한 사람은 미국 기상학자 로렌츠다. 기상변화를 예측할 때 생략했던 소숫점 이하의 숫자 차이에서 완전히 다른 결과를 나타낸다는 놀라운 사실을 1961년 발견했다.

'사소한 일의 예상하지 못한 결과' 궤도를 이탈한 사랑으로 이별을 맞이했다면 이 또한 나비효과일까. 불륜의 시작은 호기심이었지만 결과는 인생 종점이 보이는 파국일 수도 있다.

들통 난 불륜은 나비효과에 비교할 바가 아니다. 그 여자와 함께 있다가 남편이 들이닥치자 9층에서 뛰어내린 남자도 있다.

마음이 무거우면 삶도 무겁다
절망 속에서 희망을 찾는
한 번의 인연을 소중하게 간직해도
소리 없이 찾아온 바람이
사랑을 뚝뚝 가슴 시리게 부러트렸다
너울거리는 나비의 작은 날갯짓에
이별은 마지막 눈물 한 방울까지 짜냈다

풍란사랑 4

"나는 내 삶을 살고 싶다."

풍란은 청 빛 그대로인데 인생이 낙엽 지고 있다. 산중에 파묻힌 집에서 영원히 그대를 기대겠다는 다짐을 피로 맹세 했어도 사랑의 길은 험난했다.

"두 다리만 멀쩡하면 된다."

남자건 여자건 달빛이 애처로울 때 서로 엉겨야 사랑이 된다. 세상일이 쉼 없이 부서지는 물거품처럼 보여도 다리가 성해야 서로 만날 수 있다.

"꿀벌을 따라가면 꽃밭이 나온다."

여인은 몸속에 꽃향기를 간직하고 살았다. 여인은 속살이 눈부시게 비치는 나비 옷을 입고 잠들었다. 여인은 혼자 영웅으로 사는 남자의 집 바람벽에 춘화로 걸려있다.

여인의 다정한 웃음은 집안을 환하게 비춰주는 햇살이지만, 처녀가 남자 여럿 있는 곳을 지나갈 때 남자들이 희롱하지 않으면 처녀는 집에 돌아와 혼자 운다.

"내가 그렇게도 매력 없어."

물결 따라 뒹구는 돌이
가슴 깊이 새겨진 무늬를 몰라도
춘화는 남자의 은밀한 이야기다
죽음이 갈라놓기 전에는 헤어질 수 없는
긴 세월을 견딘 수석의 사랑
나는 천년이고 만년이고 간직하고 싶다

석곡 백설이다. 꽃시장에서 2천 원 주고 구입했는데 이름처럼 봄이 오면 새하얀 꽃이 소담하게 그리고 길게 피었다.

저 혼자 굴러다니던 돌에 아무렇게나 붙였는데도 많이 번성했다.

난초과 석곡은 오래된 나무줄기 숲속의 바위 등에 붙어 자라는 늘 푸른 여러해살이식물이다. 그러나 생활 편리와 경제적 이익을 가져다준다는 무분별한 생태계 파괴로 지금은 멸종위기에 처했다. 2012년 환경부가 멸종위기야생생물 2급으로 지정해 보호하고 있다.

쓸데없이 국제공항을 건설하는 가덕도에 풍란 석곡 무엽란 등 진귀한 난초 종류가 많이 살고 있었다. 하지만 풍란은 자취를 감추었고 무엽란은 더 이상 발견되지 않고 있으며 석곡 또한 전멸 상태에 이르고 말았다.

풍란사랑 5

    소엽풍란 아마미다. 풍란을 '긴 꼬리란'이라고도 부르지만 우리가 흔히 화원에서 접하는 일반풍란을 아마미라고 한다.

    대엽풍란이 7년 정도 붙어 자라다 명이 다해 죽고, 빈 돌이 보기 좋지 않아 작년 봄에 어린 소엽풍란을 붙였다. 대엽풍란은 소엽풍란과 달리 웬만해서 2세를 생산하지 않는다. 대부분의 난은 나이가 차야 꽃을 보이는데 이 난은 성질이 얼마나 급

한지 그해 여름 곧바로 하얀 꽃을 보였다.

　식물 중에 최상위인 고등식물에 속하는 난은 미세한 뿌리를 감싼 비대한 물관 헛비늘 줄기가 있어 여러 날 물을 주지 않아도 잘 자란다. 난의 포자가 땅에 떨어져 발아하는데 7년이 걸리고, 난으로 사는 수명도 7년이다.

　난은 흔히 잎무늬를 보는 엽예품_{葉藝品}과 꽃의 아름다움을 감상하는 화예품_{花藝品}으로 나눈다. 난은 삼국시대부터 기르기 시작했지만 고려 때 이거인이 산채한 난을 왕에게 바쳤다는 기록이 남아있다.

　돌은 용산구 서계동 살 때, 그러니까 2004년쯤 앞집에 사는 오리궁둥이 별명을 가진 여인이 부산 사는 딸네 집에 갔다가 바닷가에서 주워 가방에 담아왔다. 현실과의 인연이 박복하여 어렵고 어눌하게 살지만 언제나 농담과 웃음을 잃지 않는 여인이었다. 웃음으로 울음을 덮고 있는지도 모르지만.

　오리궁둥이 여인은
　남자 하나 하고는 못산다는데
　그런 속말 나는 모르겠다
　바람 불 때마다 삐걱거리는 작은 문 하나
　아랫도리 어딘가에 숨겨 놓았겠지

풍란사랑 6

"세상에 이런 수석도 있구나."

청평댐 입구에는 '숙이네 청국장'집이 있다. 주인 손이 매워 사시사철 손님이 들끓었다. '윤은주' 여주인 이름인데 그 옛날에 이렇게 어여쁜 이름을 지었다는 것이 신기했다.

"영감탱이 죽을래."

일을 하다 남편 행동이 눈에 거슬리면 이렇게 소리쳤다. 처음 듣는 사람들은 이상하고 천박스러운 부부라고 여길 수도 있지만 여행 동지로 이십년 이상을 함께한 우리는 '사랑한다.' 표현임을 잘 안다. 더 나아가 밤마다 죽는 생명체가 무엇인지 상상해 본다.

"자신이 하는 일에 의미가 없으면 고독하다."

나이 든 남자는 여자가 쳐놓은 가두리 안에서 주는 먹이를 받아먹으며 산다. 말 못 하는 물고기로 여자의 위험한 눈초리를 숨차게 피하며 산다. 하늘로 금세 돌아갈 것처럼 숨을 헐떡이고 있지만 가슴 한쪽에 딴마음을 숨기고 산다.

언년이 점숙이 말숙이 순열이 복순이 월순이 갑순이 태순이 끝순이 삼월이 옥분이 금남이 섭섭이 순덕이 얌전이 꽃님이 쌍덕이 만월이 향단이 을숙이 이 이름의 여인들은 지금 어디서 어떻게 늙어가고 있을까.

눈에 보이지 않는다고 없는 게 아니다
쉼 없이 노 저어가도 언제나 그대로인 수평선
사랑은 파도치는 한 줄 경계선에 있다
가두리 안의 일상은 그런대로 괜찮지만
덫에 걸린 발목은 발버둥 칠수록 더욱 아팠다

소엽풍란 옥금강이다. 종로 꽃시장에서 구입해 날마다 영
감탱이 죽이는 여인이 선물한 여근석에 붙였는데 풍란이 돌
의 기에 자꾸만 눌리는 것 같다. 기르기에 정성을 다해도 여
간해서 착생하지 못한다. 뿌리를 돌에 붙잡아 매고 싶은 안
타까운 심정 끝까지 버릴 수가 없다.

풍란사랑 7

흰 구슬의 흠집은 그대로 갈면 되지만
말의 흠은 어떻게 할 수도 없다네

공자의 제자 남용南容은 시경 중 '대아 억편' 백규白圭 구절을
하루에 세 번씩 반복해서 외웠다. 세상의 모든 화근이 세 치

혀끝에서 비롯된다는 것과 한번 내뱉은 말은 다시 주워 담을 수 없다는 것을 잘 알기 때문이다. 자신의 말에 신중함을 더하는 남용에게 공자는 형의 딸인 조카를 그의 아내로 맺어주었다.

윤은주의 영감탱이는 서예를 하는 김희제다. 오래전, 김 선생 부부가 호명산을 돌아 북한강 변에서 길거리카페를 운영할 때다. 간장독이 얼어 터지는 겨울이 오고 언 강 위에 눈이 소복하게 쌓이면 김 선생은 몽당빗자루 하나 들고 내려가 눈 위에 짧은 글을 써놓곤 했다. 카페를 찾아온 사람들에게는 주는 또 다른 즐거움이었다. 특히 나무젓가락을 씹어 쓰는 젓가락 글씨는 정말 일품이었다.

국제사회에서 일본이 귀족 나라로 인정받는 것은 독서 1등 국이기 때문이다. 그리고 품질에 대해서 끝까지 책임지는 책임 있는 국민이기 때문이다. 대문을 닫고 일본에 대행해 '죽창을 들자.' 증오만 기르는 한국인은 얼마나 책을 읽는지 스스로 돌아볼 일이다.

꽃잎 물린 옷고름 풀어지던 날
그대 가슴 한 쪽이 보였다
순간, 계곡에는 고요의 바람이 불었고
시간은 세월의 톱니를 물고 멈췄다

밤별이 사라진 아침부터
느슨한 사랑을 지치도록 조였다

소엽풍란 옥금강이다. 이 돌은 매일 죽어야 사는 남자 '김희제' 선생이 선물한 유두석인데 여근석과 똑같이 옥금강을 붙였다.

"선녀의 날개옷은 아예 불태워버리고 한결같은 부부 마음을 간직하시오."

농담 속에 간절함을 담으면서.

선녀와 나무꾼 이야기는 한국을 비롯해 중국 일본 몽골 인도뿐만 아니라 아메리카 아프리카 등 전 세계에 널리 알려진 전래동화다. 한국에서의 배경은 금강산 상팔담 또는 문주담이다.

선녀의 애원을 못 이긴 나무꾼이 사슴의 당부를 잊고 날개옷을 돌려주자 아이 둘을 양팔에 한 명씩 안고 하늘로 올라갔다는 것이 결말인데, 공산주의 북조선에서는 선녀가 자발적으로 남아 함경도에서 쌀을 재배했다는 위대한 노동자로 각색했다.

풍란사랑 8

유모차를 밀고 가는 할머니가 있다.

유년 시절에는 없었던 유모차에 몸을 의지해 동네 한 바퀴 산책하는 등허리 굽은 할머니가 할미꽃을 연상하게 했다. 오늘도 문밖 세상을 나들이하는 유일한 낙이 건망증과 치매 중간지대를 걷고 있다.

문밖출입이 자유롭지 못했던 옛날이야기, 임도 보고 뽕도 딴다는 꽃 시절의 뽕나무밭 밀회는 기억하고 있을까. 첫눈에 반한 사내를 생각하면 지금도 가슴이 두근거릴까. 이 밤도 그날처럼 별이 창문을 두드리면 그 사내의 만나자는 신호 '밤 뻐꾸기 울음'이 들릴까. 서로 남남이 되어 잊고 살지만 속내는 모를 일이다.

어느 여인이 기차 칸을 잘못 찾아 군용열차 칸으로 들어가서는, 군인은 사람이 아니라는 착각인지 이렇게 말을 던졌다.

"사람은 하나도 없고 군인만 잔뜩 하네."

네 세월 내 세월이 따로 있는 건 아니지만 너무 시끄럽게 살 것 없다. 여편네 바람피우는 거 동네 사람 다 아는데 정작 그 남편만 모르고 산다. 옛날부터 심심치 않게 있었던 일이지만 대부분 한때의 바람으로 비켜 간다.

거울 햇빛을 조각조각 이어붙인
옷깃을 봄이 끌어당겼다
가로등이 눈을 뜨고 바라보아도
내일의 정거장으로 달리는 밤기차
언젠가는 종점에 도착하겠지
오늘도 하늘이 너무 파래 울적했다

작년 봄에 붙인 소엽풍란 아마미인데 알아서 뿌리를 가지런하게 내렸다. 집과 까치산 전철역을 오가는 길, 잡초가 무성한 자투리땅에 버려졌던 돌이다. 오석으로 모양은 그런대로 괜찮았지만 크기가 너무 작아 그냥 지나치곤 했는데 그해 겨울 그 돌이 사라지고 말았다.

　"어느 놈이 들고 갔군."

　다시 봄이 오고, 계단청소 하던 마누라의 짜증난 목소리가 들려왔다.

　"웬 돌이 여기 있어."

　얼른 좇아가보니 겨울에 잃어버린 그 돌이 계단에 싸놓은 상자 뒤에 숨겨져 있었다. 술이 잔뜩 취한 겨울밤, 귀갓길에 그 돌을 들고 와서는 까맣게 잊은 것이다.

　알코올성 치매는 과다한 음주로 인해 발생한다. 기억력 등 다양한 기능 장애가 서서히 발생해 일상생활 수행 능력에 문제가 생기는 질환이다. 알코올은 혈관을 통해 우리 몸에 흡수되는데 그 알코올이 뇌 손상을 가져오며, 반복되면 영구적인 손상으로 발전하여 회복이 불가능하다.

풍란사랑 9

   젊은 날에는 뱀 목소리 듣고 즐거워했다. 이소룡^{브루스 리}이 상대와 대결할 때 내는 특유의 기 모으는 목소리였다. 그는 영화배우지만 절권도 창시자로 무술 계에 커다란 영향을 끼쳤고, 당산대형, 정무문, 맹룡과강, 사망유희, 용쟁호투 등으로 흥행에도 크게 성공하였다.

살며 앞일은 누구도 예측할 수 없다. 이소룡은 '용쟁호투' 개봉 6일 앞둔 1973년 7월 20일 그의 연인 여배우 정패丁珮의 침실에서 34세라는 젊은 나이로 사망했다. 성교를 하다가 여자의 배 위에서 죽는 '복상사腹上死'라는 소문이 끈질기게 나돌았다. 참고로 여성 상위로 성교를 하다 남자가 깔려 죽으면 '극락사極樂死'라고 한다. 그리고 사망진단서에는 '내인성 급사'로 기록된다.

"모국을 사랑하는 사람은 인류를 미워할 수 없다."

이 말을 남긴 영국 윈스턴 처칠은 화장실에서 뒷짐 쥐고 소변을 보았다. 이 모습이 하도 이상하여 같이 소변보던 야당당수가 물었다.

"소변을 보며 왜 거시기는 잡지 않습니까."

정치적 목적이 깔린 처칠의 대답은,

"내 물건이 너무 무거워 손으로 들 수 없기 때문입니다."

심장 과부하로 죽는

복상사도 극락사도 필요 없다

굵고 짧은 사랑도 필요 없다

일 년 열두 달 푸른 마음으로 살다

여름이 시작되면 흰 꽃을 보이는

풍란사랑 하나면 그만이다

사랑이 이별을 남길 때
바람은 꼬리가 긴 풍란꽃을 건드렸다

소엽풍란 대파청해인데 용산구 서계동에 살 때부터 길렀다. 20여 년을 살며 세 번이나 돌 자리를 옮겼다. 현재는 1998년 8월 18일 북한강 줄기 가평 샛강에 물놀이 갔다가 우연히 탐석한 이 돌에 붙어 작년 봄부터 뿌리내리고 산다. 몸집이 23㎏이나 나가는 거대한 남근석이다. 이제 서계동에서 기르던 풍란은 이 대파청해가 유일하다.

"이놈아, 너도 애로영화 '애마부인' 여배우 품이 그리우냐. 아니 된다. 너는 점이 없어서 아니 된다."

이 돌로 인해 수석에 관심을 갖게 되었지만 좋은 수석 탐석하기가 그리 쉬운 일인가. 그래서 적당한 돌이 생기면 풍란을 붙이기 시작했다.

풍란사랑 10

밤사이 떠돌이별이 왔다갔는지 아무도 모른다. 잠들었을 때 창문을 들여다보고 갔는지 나도 모르지만 '나를 잊지 말아요.' 물망초 전설은 알고 갔을까.

떠돌이별은 우주 공간을 독립하여 움직여 다니는 행성 급 천체를 일컫는다. 어머니 천체의 중력에 묶여져 있다가 내쳐져 나온

경우도 있다. 그래서 떠돌이별을 고아행성孤兒行星이라고도 부른다.

물망초 꽃은 5월과 6월 사이에 하늘색으로 피는데 또 다른 꽃말은 '진실한 사랑'이다. 도나우 강의 아름다운 비극으로 끝난 전설처럼 아르메니아인 대학살을 잊지 말자고 아르메니아 땅 곳곳에서 많이 자생한다.

아르메니아 대학살은 1차 세계대전 당시 1915년부터 1917년까지 터키의 전신인 오스만제국이 아르메니아 기독교인들을 징집으로 동원하여 살해하였거나 시리아사막 등지로 추방시키면서 일어난 집단학살이다. 기아와 질병과 함께 사망한 사람은 적게는 30만 명, 많게는 150만 명에 이른다.

"모든 형태의 증오에 대한 부정적 영향을 경계하기 위해 이를 기억해야 한다."

2021년 1월 20일 제46대 미국 대통령으로 취임한 조 바이든 대통령이 106년 전 오늘 4월 24일 추모일에 말했다.

아르메니아 여자는 정말 예쁘다. 백인 계통의 하얀 피부와 금발을 지닌 미녀가 즐비하다. 그래서인지 꽃뱀으로 생계를 유지하는 여자도 많다.

꽃뱀은 의도적으로 남자에게 접근해 몸을 내주고 금품을 우려내는 여자를 말한다. 또 관계를 맺으면 성범죄 폭로 협박으로 보상금을 챙겨가는 여자를 뜻한다. 꽃뱀의 반대로 여자에게 접근해서 이득을 취하는 남자를 방울뱀이라고 한다.

"떠돌이별이 보이지 않으면 꽃뱀 방울뱀은 물망초 땅의 떠돌이 개일 뿐이다."

버림을 준 주인이 싫어
세상을 떠도는 떠돌이 개를 보고
×도 모르는 인간들은 유기견이라고 했다
떠돌이 개가 겨우 잠든 그 밤에
바람은 서툰 솜씨로 갈잎을 다루었는데
갈대 어느 곳을 건드렸는지는 알 수 없으나
갈잎은 간지러워 몸을 흔들었다
떠돌이별이 왜 돌아갔는지 이제야 알겠다

소엽풍란 백운이다. 푸른 잎에 흰 구름이 얼룩얼룩 박혀있어 풍란을 배양한 사람이 그렇게 이름 지었다. 뿌리는 사정없이 뻗어나가는데 사는 장소가 비좁아 죽을 때까지 몸을 움츠려 살아야만 한다.

길쭉하다고 다 남근석이 아닌 것처럼 찢어졌다고 다 여근석이 아니다. 수석을 마주하는 순간 아랫도리가 흔들려야 남근석이고 여근석이다. 이 돌은 영월 땅으로 문학기행 갔다가 강변 돌무덤에서 발견했다. 모습이 너무 작아 가져갈까 말까 한참 망설이다가 그만 배낭 속에 넣고 말았다.

2부

풍란세상

풍란세상 1

병중에서 가장 아픈 병이 만족할 줄 모르는 병이다. 자신을 알면 남을 책망하지 않으며 천명을 아는 사람은 하늘을 원망하지 않는다.

벌린 일이 너무 크면 감당할 수 없어 몸과 마음이 고단하다. 싸울 준비는 불행의 시작일 뿐 능력이 아니다. 아무리 다정했어도 술친구는 술 끊으면 없어진다.

"암, 혈압, 당뇨병을 잘 관리했어도 멀쩡하던 노인이 한 번 넘어져 입원하면 불과 몇 달 만에 사망한다. 걸을 수 있느냐 없느냐에 달려있지만 어떻게 보면 만성질환보다 더 무섭다."

강성웅 재활의학과 교수가 말했다.

서울 종로 3가 새로 생긴 송해 길에는 '청춘 일 번지'라는 옛날 음악다방 같은 카페가 있다. 음악을 선곡해 들려주는 사람 디제이[DJ]는 가끔 아침마당에 출연하는 강해룡이다. 내가 문을 열고 들어서면 으레 '상처 입은 장미들이 모여 사는 거리' 1964년 9월에 발매된 브루스 록 밴드 '애니멀스'가 부른 '해 뜨는 집'을 틀어준다. 그리고 멋있는 목소리로 '유재원 작가님이 오셨습니다.' 하고 소개한다. 글 몇 줄 썼다고 시인, 작가라고 치켜세워주던 청춘 일 번지, 얼마 전에 주인이 바뀌어 실내는 현대식으로 변형되었고 강해룡도 떠나고 없다.

세상에 공짜 없는 것처럼 베푼 만큼 돌아온다. 마음을 따뜻한 인정으로 채운다고 누가 나무라지 않는다. 언제 어디서 누구를 만나게 될지 모르는 인생, 가슴에 용서를 간직하고 살자. 하지만 현실은 어떠한가. 이 노래의 음울한 가사처럼 노름쟁이 아들을 둔 전과자가 전과가 하나도 없는 우리의 지도자가 되겠다고 큰소리 친다.

"어머니, 아이들에게 말씀해주세요. 저처럼 살지 말라고."

아무리 분주하게 살아도
물처럼 흐르는 세월
나의 게으른 일상에서
생의 시간은 모자라지 않았다
그대 생각마저 희미한 밤에
별들의 눈은 더욱 빛났다

소엽풍란 천지천인데 지난여름 썩은 뿌리를 골라 다듬어 주었다.

얼마나 많은 시간이 흘러갔을까. 5월 셋째 주 일요일, 10월 셋째 주 일요일 이렇게 일 년에 두 번씩 열리는 5개 동인 연합모임을 한 번도 거르지 않고 길게 이어왔다. 당시 동인 모임 회장단은 예도시 윤고영 회장, 밀레니엄 정찬우 회장, 시마을 우보환 회장, 바탕시 박남권 회장, 탈 후반기 이계설 회장이었다. 나는 늘 밀레니엄문학 소속으로 참여하여 문우의 정을 함께 나누었다.

돌은 14년 전 망원동 살 때, 탈 후반기 주체로 덕소에서 마석으로 넘어가는 중간쯤 탈 후반기 회원이 운영하는 카페에서 펼쳐진 문학 동인연합모임에 참여했다가 근처 계곡에서 가져왔다.

후반기後半期문학은 1951년 부산에서 김경린, 김규동, 박인환, 이봉래 등이 결성하여 1954년까지 활동한 모더니즘 지향의 신 시문학동인이다. 여기서 탈 후반기문학은 후반기문학 김경린과 직간접으로 이어져 있는 문인들이 그 뜻을 길이고자 결성한 문학 동인단체다.

풍란세상 2

　팔월은 긴 꼬리난이라고 불리는 풍란이 여름잠을 자는 계절이다. 풍란이 수렁 같은 잠속에 빠져있을 때 저 멀리 아프가니스탄에서는 참극이 일어났다. 사악한 종교의 원론으로 무자비하게 학살하는 탈레반을 피해 미군 따라 고국을 탈출하려는 수많은 난민이 이륙하는 수송기에 매달렸다가 추락해 죽었다.

이렇게 주한미군이 철수하면 대한민국은 어떻게 될까. 경제가 폭망하고 곧바로 공산주의 나라로 변할 것이 자명하지만 무엇보다 우리에게는 피신할 나라가 없다. 생각만 해도 살갗에 소름이 돋고 눈앞이 아찔하다.

전시 작전통제권은 전시에 군대를 총괄적으로 지휘하고 통제하는 권한이다. 좌파들은 전작권을 우리가 가져야 진정한 주권국가라고 말하는데, 지금 우리 군이 북한 핵무기를 제압할 힘이 있는가. 지금 우리 군이 미군 항공모함을 한꺼번에 운영할 능력이 있는가.

"나는 죽음을 기다리고 있다. 그들은 나 같은 사람을 찾아서 죽일 것이지만 나는 내 나리와 내 가족 곁을 떠날 수 없다."

"사랑하는 내 조국, 네가 고통받고 있다는 것을 안다. 그러나 내 꿈은 사랑하는 아프가니스탄의 아름답고 평화로운 진보적인 모습을 보는 것이다."

'아프칸 여성인권상징'으로 불리는 29세의 최연소 마이단 샤르시 시장 자리파 가파리가 몸을 피하지 않고 카불에 남아 있다가 결국 연락두절 되었다.

'나 없는 세상이 무슨 소용인가.'

2021년 8월 26일 17시 50분 카불국제공항에서 탈레반의 무모한 자살 폭탄테러와 무차별 총기 난사가 일어났는데 이

과정에서 미군 13명, 민간인 170명이 사망하였고, 1천 300명이 부상당했다. 그리고 태양의 소녀들은 또 다시 온몸을 가리고 사는 암흑 속으로 들어가고 말았다.

나와 내 가족을 도와줄 사람 없는데
남자들이 장대를 들고 몰려왔다
탈레반의 지속적인 살해 위협을 받았어도
나는 우리의 미래를 포기할 수 없다
이제는 죽어 영혼으로 조국을 사랑해야겠지

소엽풍란 비취다. 꽃이 비취색으로 피어 그런 이름을 갖게 되었다. 풍란은 뿌리 감상도 있다. 뿌리 생장점이 붉으면 보석 이름에서 따온 루비 근이라 하고 파라면 비취 근이라 한다. 루비는 라틴어로 빨갛다는 홍보석紅寶石이고, 비취는 초록색의 경옥硬玉이다.

돌은 누가 이사 가면서 버린 것을 이삿짐 일을 하는 직원들이 용산구 원효로 4가에 위치한 삼삼무빙 포장이사 사무실에 갖다 놓았고, 훗날 차홍산 대표는 나에게 이런 돌은 필요 없다고 말했다.

풍란세상 3

1980년 3월 프랑스 파리의 부르세 병원에 한 세기를 떠들썩하게 했던 최고의 지성인이라고 불리던 실존주의 철학자 장 폴 사르트르가 입원했다. 요독증과 폐수증을 앓았던 그는 한 달 동안 의사와 간호사와 병문안 온 사람들에게 고함을 지르며 발악을 했다. 20세기 최고의 지성인이라는 이름에 걸맞지 않게 동물 같은 행동을 보여주었다.

그는 죽음에 대한 공포와 불안 때문에 자기의 병명이 무엇인지를 곁에 있는 아내에게조차 묻지 못했고, 아내^{실제로는 계약 결혼으로 법적인 부부가 아닌 동거인} 시몬느 드 보부아르 또한 죽음에 대한 두려움 때문에 자기 남편에게 병명을 말하지 않았다. 결국 사르트르는 1980년 4월 15일 입원한 지 한 달 만에 사망했다.

"인간 자신이 가장 중요한 주체다."

죽음으로부터의 자유를 그렇게도 외쳤던 실존주의자, 그의 마지막이 이렇게 비참했던 이유가 무엇인가. 이 물음에 어느 평범하고 이름 없는 한 신문 독자가 사르트르의 비참한 죽음을 짚어냈다.

"사르트르는 돌아갈 본향이 없었기 때문이다."

공산주의자 사르트르는 종교를 외면한 대가를 무겁게 치렀다.

객관성 없는 아집의 소통
마지막까지 종교 지배가 필연인
붉은 사상의 끝이 이런 건가
풍란의 본향이 바람속인 것처럼
마침내 그도 바람 속으로 들어갔다

소엽풍란 청루각이다. 돌은 경기도 연천군 장남면에 위치한 신라 마지막 임금 경순왕능 가는 길 민통선 하천에서 주웠다. 수석으로 가치는 적지만 돌 빛깔이 풍란과 잘 어울린다. 돌 우측 두 가닥 뿌리를 자세히 보면 신기하게 뿌리가 뿌리를 관통한 것이 보인다. 두 뿌리를 동시에 절단했는데 잘린 부위에서 하얀 진액이 나왔고 서로 뭉쳐진 진액에서 다시 각자의 뿌리를 찾아 자랐다.

경주 김씨慶州 金氏는 경북 경주시를 본관으로 하는 한국의 성씨이며 시조는 신라의 추존왕 김알지金關智이고 경순왕敬順王은 중시조다.

풍란세상 4

반려동물은 먹이를 주고 배설물을 치우는 등 걸리적거리는 게 많지만 반려식물은 고요히 꿈을 꾸게 한다. 창을 열고 들어온 햇빛에 기댄 반려식물은 변함없이 미소를 뿌려주고 이것저것 살펴주지 않아도 말썽부리지 않는다. 무심히 앉아 산소를 털어내는 반려식물은 습기를 조절하며 계절 따라 피는 꽃으로 공간세상을 환하게 바꾸어준다.

'부귀란' 옛날 일본 무사들은 전장에까지 풍란을 가지고 다녔다. 많은 풍란 중에서도 복을 준다는 부귀란을 특별히 선호했다. 자신의 복도 중요했지만 전쟁 속에서 흐트러진 심성을 바르게 하기 위한, 쓸데없이 저질러지는 살생을 줄이기 위한 다짐과 배려였다.

부귀란은 잎이 짧고 단단하며 짜임새가 조밀하여 다부진 모습을 보인다. 다채로운 예와 비둘기 피 같은 루비 근을 가진 풍란의 명품이다. 희귀성과 상징성을 대표하는 부귀란은 삶에 빛나는 즐거움을 선사한다.

한갓 산속의 풀이지만
최고의 가치를 명심한다
다시는 인생무상을 꺼내지 말라
덧없음이 한순간이라 해도
부귀란은 환희의 명성을 날린다

소엽풍란 금루각인데 잔잔히 비둘기피를 흘리며 뿌리내렸다. 붉은 돌에 자신의 피를 바르는 아픔을 숨기고 착생했다.

돌은 단종유배지 청령포로 문학기행 갔다가 장릉부근 가
정집식당에서 아침 식사를 마치고 나루터로 가는 길에서 주
웠다. 수석이란 의미보다 색깔이 마음에 들었다. 망원동 살
때의 일이었지만 벌써 아득해졌다.

　청령포淸泠浦는 단종의 유배지이자 단종이 자신의 하인 공
생貢生에게 교살絞殺당한 곳이다. 삼면이 강물로 둘러싸여 섬
아닌 섬, 1457년 음력 10월 24일 공생이 활시위에 긴 끈을
이어 단종 목에 걸고 뒷문에서 잡아당겨 단번에 살해했는데
단종의 나이 열여섯 살 때였다.

　아직도 슬픈 역사가 흐르는 청령포가 세월호를 침몰시키
고 정권을 찬탈한 자들에 의해 감옥 생활하는 박근혜 대통령
을 연상하게 한다. 무엇이 국정농단인가. 누가 이 시대의 공
생인가. 지나고 나면 모두가 허무한 일이었다고 치부하겠지
만 역사는 시대적으로 반복된다.

　대한민국 최초의 여성 대통령을 무능하고 부패한 대통령
으로 올가미 씌워 정치적 사형집행을 단행한 무자비한 인간
들, 나는 악착같이 살아 이들을 지켜보겠다.

풍란세상 5

"인류역사상 가장 위대한 발명이 수레바퀴다. 수레바퀴는
돌아가야 하고 돌아가는 바퀴가 곧 윤회다."

씨 없는 수박이 세상에 처음 나왔을 때 참 신기했다. 인간
처럼 정관수술 한 것도 아니고 어떻게 붉은 속살에서 씨만
골라냈을까. 그때는 도무지 이해가 되지 않았다.

1898년 4월 8일 도쿄에서 태어난 우장춘 박사는 농생물과

학자, 식물학자, 원예육종학자다. 아버지 우범선이 매국한 것을 속죄하기 위해 1950년 일본에서 건너와 오직 육종연구에만 매달렸다.

맨 처음 씨 없는 수박을 만든 사람은 쿄토대학 키하라 히토시木原均 박사다. 우장춘 박사는 농민과 대중에게 육종학과 농업기술의 중요성을 알리기 위해 씨 없는 수박과 그 종자를 들여왔던 것이다.

당시까지만 해도 같은 종끼리만 교배가 가능하다는 것이 학계의 정설이었다. 그러나 우장춘 박사는 배추와 양배추를 교배하면 유채와 같은 새로운 종이 만들어진다는 사실을 밝혀냈다. 합성을 통해 존재하는 유체를 인위적으로 만들고 그 과정을 유전학적으로 규명했다.

'자애로운 어머니의 젖'
선구자는 외롭다
태생이 다른 종과 종의 경계에서
끊임없이 돌아가는 수레바퀴
인간의 윤회는 처음부터 비극이었다
짓밟혀도 일어서서 꽃을 피우는
그대는 조선의 영원한 민들레

돌 있는 수반에 이끼와 두란을 길렀는데 몇 년 사이 무성해졌다. 산수화처럼 인위적으로 깍은 돌은 용산구 서계동 살 때 고향 후배 이강소가 주었다.

두란을 일반적으로 콩짜게란이라 부른다. 이렇게 사철 푸른 산수화를 하염없이 바라보며 시편 102:3–7개역성경을 옮겨 본다.

"대저 내 날이 연기같이 소멸하며 내 뼈가 냉과리 같이 탔나이다. 내가 음식 먹기도 잊었음으로 내 마음이 풀같이 쇠잔하였사오며 나의 탄식 소리로 인하여 나의 살이 뼈에 붙었나이다. 나는 광야의 당아새 같고 황폐한 곳의 부엉이같이 되었사오며 내가 내 밤을 새우니 지붕 위에 외로운 참새 같으니이다."

*대저大抵–'대체로'와 같은 뜻으로 어원은 한자다.
*냉과리–덜 구워진 숯불량 숯
*당아새는 히브리어로 '카이트'라는 새인데 분명치 않다. 성경에서는 사다새펠리컨와 올빼미로 번역했다.

풍란세상 6

"식후불연초食後不燃草 삼분내즉사三分內卽死"

담배의 어원은 포루투칼 말인 타바코에서 연원되었다. 이
말이 일본에 들어와 담박괴淡泊塊가 되고, 임진왜란 때 조선으
로 들어와 담파고淡婆枯로 변했다. 그리고 남초南草 왜초倭草 남
령초南靈草 연초煙草 담바 등으로 부르다 담배로 정착하였다.

임진왜란이 끝나고, 거덜 난 나라의 피폐해진 살림에 남녀노소 할 것 없이 또 궁 안의 대신들과 상궁 나인들까지 무차별적으로 담배를 피기 시작했다. 이때 담배 피는 숫자는 여자가 더 많았고 어른 아이 서로 눈치 보지 않고 피웠다. 맞담배질이 자연스러운 시대였다.

담배연기가 자욱한 어전의 조참시간 기관지가 약한 광해군이 담배연기가 싫다고 하자 대신들은 황급히 담뱃불을 껐다. 이 일로 인하여 윗사람 앞에서 담배를 피우지 않는다는 '흡연예절'이 생겨났다.

옛날은 가고, 세계는 '경제전쟁시대'로 돌입했다. 2007년 1월 새로운 휴대폰 아이폰을 출시한 애플이 이동통신 선두주자의 독점적인 지위를 유지할 때 2010년 6월 삼성전자 갤럭시 스마트폰이 미국에 상륙했다. 갑자기 아이폰의 아성이 위협받게 되자 애플은 삼성전자를 쓰러트리기 위해 2011년 4월 미국연방법원 캘리포니아 북부지법에 특허소송을 제기했다. 그리고 이어서 6월 24일 서울중앙지방법원에 특허권 침해 및 손해배성청구소송6천억 원을 제기했다. 애플이 7년 전쟁을 시작한 목적은 소송을 통하여 전 세계적으로 애플제품이 부동의 1위, 그 외제품은 2위라는 것을 각인시키기 위한 전력이었다.

"사람은 때를 알아, 철에 맞게 행동해야 철부지 소리를 들지 않는다."

　저 매캐한 담배연기를 보라
　머리에 피도 마르지 않은 것들이
　어디서 함부로 담배를 피우는가
　이래도 한세상 저래도 한세상
　허무에 길들여진 골초들의 변명이
　저 하늘 회색연기로 흩어지고 있다

　석곡 은율이다. 잎 가생이에 흰 빛이 묻어있어 '갓빛무늬' 복륜이라고 할 수 있지만 춘란이 아니라 그렇게 부르지 않는다. 돌은 어느 신축아파트 길에서 주웠는데 화산석이라 매우 검고 가볍다. 아마도 조경공사하면서 길바닥에 흘린 모양이다.

　한국 춘란은 세 가지 유형으로 나누어 그 가치를 찾는다. 잎의 변이變異로 가치를 찾는 엽예품葉藝品과 꽃의 형태나 색깔로 미를 찾는 화예품花藝品과 변이 형태가 두 가지 이상 나타나는 복예품復藝品으로 그 가치를 찾는다.

　엽예의 으뜸은 흰색이나 황색이 잎 가운데를 통과한 중투호中透縞이고, 화예의 으뜸은 꽃잎 전체가 붉은 홍화紅花다

풍란세상 7

'새벽종이 울렸네. 새 아침이 밝았네.'

　화장실 일보며 양치질까지 마치는 민족은 세계에서 대한
민국이 유일하다. 근면하고 부지런한 그 시설 사람들이 이
나라를 일으켜 세웠다. '잘 사는 게 이기는 거다.' 새마을운동
의 위대한 지도자와 함께 오천년 이어온 가난을 물리쳤다.

새마을운동은 1970년 농촌의 현대화를 위해 시작되어 풀뿌리 지역사회개발운동으로 번져나갔다. 근면, 자조, 협동이 기본 정신이며 지역 균형발전과 의식개혁이 목표였다. 새마을운동기록은 2013년 6월 18일 제11차 유네스코 세계기록유산 국제자문위원회에서 유네스코 세계기록유산으로 등재하였다.

　"가혹한 환경이 문명을 낳는다. 고대문명 발상지가 대부분 척박한 땅이었다는 것이 이를 증명한다. 우리가 힘들게 일하는 것은 문화 예술을 누리기 위함이다."

　'국모의 품격' 박목월이 남달리 시를 좋아하는 육영수 여사의 문학 가정교사였다. 1963년 11월부터 강의하였는데, 육 여사는 문인들이 옛날부터 궁핍하게 지낸다는 것은 알고 있었지만 저마다 개인 시집을 갖는 게 소망인 것은 자세히 몰랐다. '내가 도왔다는 말 세상에 알려지지 않도록 해주세요.' 육여사의 개인 도움으로 1969년 봄 구자운, 김구용, 김종길, 김종삼, 박성룡, 박용래. 허만하 등 10여 명의 시집이 첫 번째로 나왔다. 시집 한 귀퉁이에는 '어느 고마우신 분의 뜻'이라는 글이 적혀있었다. 그리고 1971년 봄까지 시인 30여 명이 육 여사의 도움으로 자신의 시집을 갖게 되었다.

　'내가 조선의 국모다.' 이말 명성황후는 하지 않았다. 이미 박영효로부터 조선 황후 숙청계획을 전해 들었고 또 암살 소문이 장안에 파다하게 퍼진 상태였다. 그래서 명성황후는 밤마다 궁녀 옷으로 변복하고 궁녀들 틈에 끼어 지냈다. 그러다가 1895년 10월 8일 새벽 6시에 경복궁 건청궁 곤녕합에서 궁녀들과 함께 무참히 시해되었다.

'무대포'는 막무가내, 앞뒤 분별 없이 라는 뜻을 지녔다. 일본말 '뎃뽀鐵砲'가 조선에 들어와 무無가 붙어 무대포가 되었다. 실질적으로 오다 노부나가의 일본 전국 통일의 마침표가 되어준 나가시노 전투에서 나온다.

'역사는 좋건 나쁘건 사실이어야 한다.' 새마을운동 정신을 무대포로 지우는 좌파정권의 무대포 행태에 부아가 치솟는다.

누가 새벽을 열었는가
이슬에 발 적시고 오는 여명이
그대들이 버린 박정희였다
찢겨진 상처에 새살 돋는 여정은
너무 어둡고 지루했지만
마침내 우리는 암흑에서 빛을 찾아냈다

소엽풍란 아마미다. 돌은 임진강에서 탐석했다. 석부작 중에 임진강 돌이 유난히 많은 이유는 파주 두포리와 도라산에서 군복무를 한 인연도 있지만 20년 넘게 이어가는 여행자 모임 회원이 문산에 여럿이 살고 있기 때문이다.

한 번의 다툼도 없이 모임을 강산이 두 번 변하도록 이어간다는 것이 그리 쉬운 일인가. 너그러운 마음에 저절로 고개가 숙여진다. 시집이나 소설을 발간할 때마다 기쁘게 구입해주는 길모임 회원들에게 새삼 고마움을 전한다.

풍란세상 8

"뻥이요."

원리는 압력의 변화에 있다. 뻥튀기 기계에 옥수수나 쌀을 넣고 열을 가하면 곡물은 수십 배의 압력을 받는다. 그 순간 뚜껑을 열면 늘어났던 내부 압력이 낮아지면서 곡물 속 압력 은 커져 터지게 되는데, 이때 껍질에 감싸있던 알갱이가 껍질을 찢어내는 폭발을 일으킨다.

뻥튀기 기계는 1901년 미국 미네소타에서 알렉산더 앤더슨 박사가 발명하였다. 몇 년 후 만국박람회에 출품된 것을 일본이 수입해 뻥 과자를 만들어냈다. 조선에는 일제 강점기 때 들어왔고 전 지역에서 대유행하였다.

광우뻥, 한국인에게는 반성하는 유전자가 없나 보다.

2008년 5월부터 8월까지 있지도 않은 광우병 소동이 일어났다. 정치에 오염된 전문가와 타락한 방송국이 앞장서서 미국산 소고기를 먹으면 뼈가 숭숭 뚫리는 광우병에 걸려 비참하게 죽는다고 선동했다. 과학적 증거도 없이 공포 사회로 끌고 간 이들의 술책에 국가는 막대한 재정손실을 입었지만 지금까지 누구 하나 반성하지 않고 있다.

"미국산 소고기를 먹느니 청산가리를 먹겠다."

"한국인의 유전자는 광우병에 걸린 확률이 다른 나라 사람보다 3배나 높다."

가슴은 대못이 박혀있을 때보다 뽑아낼 때가 더 아프다. 아무것도 알 수 없는 내일이 있기에 우리는 새로운 꿈을 꾼다지만 나도 모르게 늙고 병든다. 이제는 당신들이 청산가리 먹을 차례다.

상대를 쓰러트리려는 노림수

어리석은 국민은
큰 거짓말일수록 잘 속는다
이제는 고통 속의 탄식도 소용없다
과부하 걸린 기억을 내던져야 하는
불안한 현실에 사람만 죽어나갈 뿐이다

소엽풍란 비취다. 돌은 어느 여름날 강원도의 새로 난 고속도로 다리 밑에서 잠시 쉬던 중 만났다. 호빵처럼 생겨 누름돌로 쓰려고 여태껏 방치했다가 결국 풍란을 붙이고 말았다.

호빵은 일반 빵집에서 만들어 판매하던 찐빵인데 길게는 삼국지 제갈량이 만든 만두에서 유래했다. 특히 강원도 횡성군 안흥면에서 만든 '안흥찐빵'이 유명하지만, 호빵이 거리에 처음 등장한 것은 1971년 삼립식품이 개발해 새로운 방식으로 판매했기 때문이다.

풍란세상 9

옛날에는 늙은 사람이 대접받았는데 지금은 젊은 사람이 대접받는 세상이다. 옛날에 없던 질병도 창궐하여 지금은 누구 할 것 없이 코와 입을 막고 사는 세상이 되었다.

세상을 가로막고 전 인류에게 막대한 재앙과 참을 수 없는 고통을 준 우한폐렴은 2019년 11월 17일 중국 후베이성 우한시 우한바이러스연구소에서 유출한 왕관 모양의 코로나바이러스로, 사람과 동물 모두 빠르게 감염되는 범유행전염병이다.

"중국인 입국을 막아라."

의사들이 일곱 번이나 건의했지만 '중국과 고통을 함께 해야 한다'며 어느 인간 하나가 결국 옛날의 흑사병보다 무서운 우한폐렴을 수입하고 말았다.

흑사병은 페스트균이 병원균이다. 14세기인 1347년 유럽 등 지중해 연안에서 창궐하여 1억 명 이상의 목숨을 앗아갔다. 흑사병으로 줄어든 인구가 17세기가 되어서야 이전 수준으로 회복되었다.

옛날에는 흑사병이 공포의 대상이었지만 지금은 정부가 방역 법을 앞세워 전 국민을 공포 속으로 몰아넣고 있다.

누가 이 시대의 희생양인가
태극기 든 사람들이다
깨어있는 교회의 신자들이다
국민들이여 현실을 똑바로 보라
권력 연장을 위한 사람들이
악마의 채찍을 마음대로 휘두른다
일상이 괴로움뿐이어도

소엽풍란 아마미다. 돌은 신도림 아파트 화단에서 주웠다.
누가 수석으로 채석했다가 모양이 신통치 않은 탓인지 화단
에다 내던졌다.

시집 발간 비용이 부족해 잠시 신도림 아파트 2초소 경비
원으로 일할 때다.

"정자에서 술 먹는 사람들이 시끄럽게 해 잠을 잘 수가 없
어요."

어느 할머니가 찾아와 호소했다.

"네 알겠습니다. 곧 조치하겠습니다."

나는 복장을 바로 하고 정자로 갔다. 거기에는 중년의 남
녀 1개 분대가 맥주잔을 들고 킬킬거리고 있었다.

"조용히 하세요. 당신들이 시끄럽게 해서 잠 못 잔다고 이
밤에 할머니께서 초소까지 찾아왔어요."

갑자기 세상이 조용해졌다. 하나같이 어이를 상실한 눈빛으
로 나를 쳐다봤다. 나는 아파트경비원이 최하층 사람이라는
것을 몰랐다. 대한민국 2등 국민이라는 것을 나중에 알았다.

풍란세상 10

'사과에 독 있다.' 괴기한 소문으로 사과를 먹지 않고 죄다 내대버린 시대가 있었다. 하루에 한 개만 먹어도 의사가 필요 없다는 사과의 사과나무가 낭설에 의해 무참히 베어졌다.

낭설을 이어가는 민족문학이 독버섯처럼 번져 갈 때, 이 시대의 공자라고 불리는 청하 성기조 박사를 만났다. 행운이었다.

시인으로 가는 길에서 '문예사조' '한국문학과 전통논의'를 비롯해 '시의 위상' '시에 대한 질문 몇 가지' '글 쓰는 삶을 위한 일 년' '자기 역사를 쓴다는 것' 등을 8년 동안 집중적으로 강습받았다. 신필은 아니라도 자연을 벗어나지 않는 합리적인 방법으로 철학에서 사고를 특정하게 진술하는 방식, '관점'을 나타나게 할 수 있도록 배웠다.

문체는 하나로 정리되게 하라. 낡은 것이라고 쉽게 버리지 마라. 글은 독자를 생각하고 감동 있게 쓰며, 자기만의 특성을 가지고 자유자재로 표현하라. 편견을 버리고 진리에 가까이 가는 새로운 문장을 개발하라. 문학은 삶의 기본이고 대화의 본질임을 잊지 마라. 비평 의식을 가진 작가로서 책임을 다하라.

"경지에 오른 사람은 누가 알아주지 않아도 상처를 받지 않고 또 자신을 알리지 못해 안달하지도 않는다."

시론詩論 쓰기를 익힐 때는 고전을 많이 읽지 않은 젊은 날이 아쉬웠다.

'시간은 일시적이지 않고 사라지면서도 불변하다.' 이 말을 전해준 존재철학 하이데거는 '시는 왜 아름다운가.' 시론에서 '시의 본질은 언어의 본질이며 언어의 본질은 시의 본질이다.'고 말했다.

"일상어로 쓰인 산문과 달리 운문으로 쓰인 시는 독특한
언어 사용을 필요로 한다."

인연설因緣說

성기조

어둠이 밀려올 때
눈이 사락사락 내릴 때
바람이 불어올 때
매서운 추위가 몰려올 때
목화 같은 따사로움으로
바위 같은 침묵으로
들꽃 같은 향기로
무르익은 과육으로
개화하는 꽃잎의 부드러운
눈짓으로
눈 오는 밤 당신이
내게 들려주는
사랑의 말씀

소엽풍란 백운이다. 돌은 몇 년 전 단양으로 귀농한 곽인
옥 선생 댁을 지난여름에 방문했다가 단양천에서 주웠다.

시와 소설을 쓰는 곽 선생은 정광수 회장이 창간해 운영하
는 해동문학에서 같이 활동하던 동인이며 문우다. 한때의 문
학 인연으로 서로 안부를 전하며 중앙문학과 지방문학의 차
이점을 담론하고 있다.

"시골은 문학인이 아닌 지역 사람들이 끗발로 문학단체를
좌지우지하고 있어요."

3부

풍란일기

풍란일기 1

연못을 말려 고기를 얻는다는 갈택이어竭澤而魚라는 말이 있다.

진晉나라 문공文公은 성복에서 초나라와 일대 접전을 하게 되었다. 그러나 초나라 병사는 아군보다 많았고 뿐만 아니라 병력 또한 막강하였다. 그래서 문공은 승리할 방법을 호언狐偃

에게 물었고 호언이 답하기를.

"싸움에 능한 자는 속임수 쓰는 것을 두려워하지 않는다고 합니다. 속임수를 써보십시오."

문공은 또 이옹李雍에게도 물었는데 이옹이 답하기를.

"연못의 물을 모두 퍼내어 물고기를 잡으면 잡지 못할 리 없지만 그 훗날에는 잡을 물고기가 없게 될 것입니다. 지금 속임수로 위기를 모면한다고 해도 영원한 해결책이 아닌 임시방편일 뿐입니다."

스탈린이 박헌영에게 물었다.

"네가 삼팔선 이북 지도자가 되면 어떻게 할 건가."

박헌영이 대답했다.

"위대한 공산주의 인민공화국을 만들겠습니다."

스탈린이 김일성에게 물었다.

"네가 삼팔선 이북 지도자가 되면 어떻게 할 건가."

김일성이 대답했다.

"무엇이든 시키는 대로 하겠습니다."

눈앞에 보이는 이익만을 좇는 것은
짐승을 잡기 위해 산맥을 불태우는 것
조국의 허리를 흐르는 임진강이
남과 북으로 끊어진 핏줄을 이어주어도

소엽풍란 색설이다. 꽃잎속의 혀가 붉어 붙여진 이름인데 꽃향기가 무척 진하다. 크고 긴 임진강돌 그 바닥까지 줄기차게 내려온 뿌리가 풍란의 위상을 드높인다. 풍란 뿌리는 조건만 맞으면 일 미터 이상도 자란다.

내가 그의 이름을 불러주었을 때, 그는 나에게로 와서 꽃이 되었다. 김춘수 시를 인용하지 않더라도 수석에 풍란을 붙여 마음 가는 대로 만드는 석부작, 풍란 기르기에서 온도는 20~25도가 좋고 겨울철에는 5도 이하로 내려가지 않도록 해야 한다. 햇볕이 들고 바람이 잘 통하는 장소가 좋지만 물을 너무 많이 주면 뿌리가 무르고 잎이 쉽게 떨어진다.

풍란일기 2

금덩어리 시간을 돌멩이로 알고 강물 속에 던지며 살았다.

지식에도 죽은 지식과 산지식이 있는데 한국인 절반은 1년에 책 한 권도 읽지 않는다. 독서량이 아프리카 오지 어느 부족과 비슷한 세계에서 거의 꼴찌수준이다.

1991년 3월 26일, 부실공사 중이던 팔당대교가 무너져 인부 한 명이 사망했다. 그러나 관계자들은 강풍이 불어 무너졌다고 변명했다.

그 무렵 수능일 수원역 정전으로 전철운행이 정지되어 시험을 못 치른 학생이 여러 명 있었다. 그러나 관계자들은 비 오는 밤에 까치가 고압선에 앉아 일어났다고 변명했다.

그러나 기상청은 팔당대교 무너지던 날 강풍은 없었다고 공식 발표했고, 조류학자는 까치는 밤에 날지 않으며 비 오는 밤에는 더 더욱 날 수 없다고 말했다.

어려서 독서의 즐거움을 배워야 한다. 어려서 얻은 진리와 지혜가 죽을 때까지 간다. 바빠서 책을 볼 수 없다는 핑계는 자신을 망가트리는 변명이다. 자신의 잘못을 바람에게 까치에게 전가하는 인간이 되어서는 안 된다.

화근은 처음부터 잘라내야 한다는 호모부가(毫毛斧柯)가 있다. 필요 없는 잡목을 어릴 때 베지 않으면 호미로 막을 것을 가래로 막는다는 속담처럼 나중에 베기는 매우 힘들다. 잡초를 벨 때 뿌리까지 없애라는 말을 명심해야 한다.

횃불을 들면 밝음이 어둠을 밀어내는 진리, 알면 지혜다. 횃불이 꺼지고 밝음이 사라지면 다시 어둠이 생기는 진리, 알면 지혜다. 무영은 바로 없어지고 만다는 깨달음은 도를 닦지 않아도 얻을 수 있다. 세월 가고 나이 들어 볼품없는 뒷방 늙은이로 전락했어도 밝은 지혜는 영원히 남는다.

아버지는 식솔들을 거느린다
어머니는 끼니를 장만한다
세월이 연행해 간 청춘은 어디 있을까
부는 바람이 아무리 사나워도
길가의 잡풀들은 인신공격하지 않는다
가끔은 어리석음에 순응해도 괜찮다

사철 푸른 넉줄고사리가 자연석을 휘감았다. 넉줄고사리
는 동아시아에 서식하는 다년생 양치류식물로 추위에 강하
다. 특히 공기 정화에 뛰어나 무기력증, 수면 부족, 우울증,
새집증후군에 많은 도움을 준다. 또 다른 한약 이름은 뼈와
간에 좋다는 골쇄보^{骨碎補}다.

돌은 수석과 관계없는 각진 일반 돌이다. 오래전 서계동,
청파동 충청향우회에서 경기도 장흥 계곡으로 야유회 갔는
데 그때 계곡에서 들고 왔다. 모양 없는 것이 무겁기만 해 풍
란을 붙이지 않고 있다가 어느 날 넉줄고사리를 올려놓고 자
주 물을 뿌려주었더니 이제는 무성한 숲을 이루었다.

풍란일기 3

    그때는 성희롱 성추행 성폭행 이런 말이 없었다. 강간 미
수나 강간만 처벌하는 시대에 아이스께끼 놀이가 있었다. 지
나가는 어린 아가씨 치마를 느닷없이 들치고 '아이스께끼' 하
고 소리치는 놀이다. 졸지에 봉변당한 여자는 부끄러워 두
손으로 얼굴을 가리고 발만 동동거릴 뿐 쉽게 대들지 못했

다. 이 시절 여성 속옷 대부분은 풍란꽃빛 하얀색이었다.

그때의 여자들은 세탁한 속옷을 빨랫줄에 널지 못했다. 젖은 속옷을 아무도 모르게 자신의 방에 숨겨 말렸다. 그러나 시대가 변하여 날마다 색깔이 다른 요일 팬티가 유행했다. 팬티는 다른 빨래와 함께 빨랫줄에 당당하게 매달려 존재를 너풀거렸다. 색색의 팬티가 남자 마음을 자극하여 웃지 못할 팬티 절도사건이 종종 일어났다.

옛날에는 팬티가 없었다. 조선 시대 사대부 여인들부터 입기 시작한 팬티는 헐렁한 반바지 모양의 고쟁이 안에 입는 속옷 다리속곳이었다. 다리속곳은 민감한 속살에 직접 닿기 때문에 작고 얇은 기저귀처럼 만들어 허리끈을 달았다. 재료는 무명, 베, 모시 등을 사용하였다. 그러다 고무줄이 생산되어 1920년대부터 지금의 팬티와 비슷한 속옷이 등장했는데 '사리마다'다. 사리마다는 일본말이지만 서양 팬티를 모방한 양다리와 허리에 고무줄을 넣은 우리 속옷이다.

"한 번의 강간으로 그 남자에게 얽매여 평생 인연으로 같이 사는 여인도 간혹 있지만, 강간은 상대 여성에게 무한고통을 준다."

처음에는 그리움이었는데
나중에는 기다림으로 변했다

가슴 뛰는 인연으로 도착한
나의 사랑 누가 알고 있을까

소엽풍란 아마미다. 돌은 만해마을 문학의 집 개관식 때 1박 2일로 참석했다가 바로 앞강에서 탐석했다. 주최 측에서 산속 모텔을 통째로 빌려 서울 시인들 숙소로 제공해주었는데 술이 얼큰하게 오른 윤고영 예도시 회장이 기타를 들고 우리 방으로 왔다.

빨간 티셔츠에 미국 남북전쟁 때 북군이 쓰던 일등병 계급의 모자를 쓰고 기타를 치며 노래를 불렀다. 멋있는 음유 시인이었다. 우리는 그저 따라 부르며 즐거운 여름밤을 보냈다.

강원도 인제군 용대리에 위치한 만해마을 문학의 집은 2003년 시인 소설가 등 문인들의 창작활동을 위한 공간으로 건축되어 창작활동을 이어오다, 2013년 5월 일반에 개방되어 지금은 누구나 예약하여 숙박할 수 있다.

풍란일기 4

"사는 것이 중요한 문제가 아니라, 올바로 사는 것이 중요하다."

이 말을 제자 플라톤에게 전한 고대 그리스 철학자 소크라테스는 어려서부터 석공인 아버지가 돌에서 필요 없는 부분을 떼어내는 일의 순리를 보며 자랐다. '원하는 형상이 돌 속에서 태어나는' 이런 과정을 소크라테스는 고스란히 지켜보았다.

'너 자신을 알라.' 신전 기둥에 새겨진 글귀를 자주 인용했지만, '덜어내는 본질' 위대한 소크라테스 정신은 돌에서 생겨난 원하는 형상을 사유에 적용해 본질에 다가간 것에 있다.

소크라테스는 30년 동안 아테네시민의 정신혁명을 위하여 생애를 바쳤다. 교만과 허영 속에서 방황하는 청년들의 인격을 각성시키기 위해 거리로 나가 대화하고 호소했다. 하지만 어리석은 민중은 그를 고소했다.

"소크라테스는 국가가 정한 신을 믿지 않고 새로운 신을 끌어들였으며 또한 청년들을 부패 타락시켰다."

그러나 소크라테스는 자신에게 사형선고를 내린 5백 명의 배심원에게 이렇게 말했다.

"자, 떠날 때가 왔다. 우리는 길을 가는 것이다. 나는 죽으러 가고 여러분은 살러간다. 누기 행복할 것인가. 오직 신만이 안다."

서양철학에서 첫 번째 인물로 평가되는 소크라테스는 기원전 469년에 태어나 기원전 399년 5월 7일 71세 나이로 사망했다.

'태산에 부딪혀 넘어지는 사람은 없다. 사람을 넘어지게 하는 것은 작은 흙더미다.' 이 말을 남긴 '한비자'는 진시황 부름을 받고 함양에 갔다가 동문수학한 승상 '이사' 모함에 걸려 49세의 나이로 옥중 음독 사망했다. 그리고 절대 권력을 꿈꾸던 이사도 내시 '조고'의 간계에 걸려 아들과 함께 함양성 교외에서 처형당했다. 권신들을 차례로 모함하여 살해한 조고도 자신이 옹립한 진왕 '자영'에 의하여 암살되었다.

기원전 280년에 태어나 기원전 233년에 사망한 한비자^{본명}^{韓非}의 통치 기본은 법, 술, 세인데, 법은 공평과 원칙이고 술은 신하의 능력 검증이고 세는 군주의 권세다. 그러나 핵심은 신상필벌이 엄격한 '법치주의^{法治主義}'다.

"본질을 외면한 철학은, 경험과 문화 등 조건의 차이에 따라 진실의 기준이 달라진다는 상대주의에 맞서다 결국 죽음으로 추락한다."

너 자신을 알라, 말했을 때
수많은 눈빛이 저주의 화살을 쏘았다
그러나 스스로 묶이는 인간사슬
가슴에 사는 영혼이 심연의식 속으로 빠지는
신의 신탁은 누구도 깨닫지 못했다

어느 여름날, 청평 호명산을 돌아가서 강변에 자리한 길거리카페 마실갔다가 근처에서 발견한 돌인데 근래에 소엽풍란 청루각을 붙였다. 태어날 때부터 내 것은 아무것도 없었지만 날마다 뿌려준 물값인지 여름이 시작되면 흰 꽃을 다복하게 피워 여운이 긴 즐거움을 주었다.

2020년 추석을 맞아 케이비에스 나훈아 콘서트에서 소크라테스를 비유 작사하여 발표한 테스형 노래가 크게 유행하였다. 테스형 노래는 우한폐렴으로 지친 국민에게 희망을 전달하면서 동시에 나라를 엉망으로 만든 정권에게 경고를 전달했다.

"그저 와준 오늘이 고맙기는 하여도, 죽어도 오고 마는 또 내일이 두렵다. 테스형, 세상이 왜 이래, 왜 이렇게 힘들어."

풍란일기 5

　아^我 자가 왜 나를 뜻하는지 알 수는 없지만 갑골문이 만들어졌던 은상^{殷商} 시기에서도 나를 뜻했다. 아 자는 삼지창을 그린 것이다. 그때는 누구나 삼지창을 들고 다니면서 고집스럽게 싸움을 했다. 삼지창이 자신의 분신이며 삼지창만 있으면 굽이지 않아도 되었다.

　'함박도' 정전협상 때 남한 영토로 지정되었다. 국방부가

이 섬에 최전방 첩보기지를 설치 운영했으며, 1978년 다시 무인도로 지정하여 강화군 서도면 말도리 산97번지 토지로 공식 등재하였다. 소유자는 국가이고 관리청은 산림청으로 40년 이상을 관리해 왔다.

함박도는 정전협상 후 우리 어민들이 수시로 들어가 조개 채취하던 섬이었다. 그러던 중 1965년 10월 29일 어민 232명이 5척의 배를 나누어 타고 들어가 조개를 잡다 무장한 북괴의 기습을 받아 97명이 피랍되었다. 당시 지도에 함박도는 분명히 휴전선 바로 아래에 그려져 있었고 북한도 남한 어민들이 북방한계선을 넘어 침범했다고 주장하지 않았다. 그리고 11월 1일 공화당 김재순 원내 부총무와 민중당 김대중 대변인은 정부의 치안 능력이 한심한 상태라고 치안 관계 책임자를 불러 따졌고 또 국회 본회의를 열어 대정부 질문을 벌이기로 합의했다.

어민들 삶의 터전이었던 섬, 지금은 북한군이 진지를 구축해 사용하고 있다. 누가 대한민국 영토를 적에게 내주었는가. 일부 언론과 정부 관계자들은 함박도를 휴전선 바로 위에 그려놓고 '북한과 네 땅 내 땅 따지는 것 어찌 보면 큰 의미가 없다. 대한민국 영토는 한반도와 그 부속 도서로 한다.'며 애써 책임을 회피하고 있다.

히말라야 설산에는 밤에만 집을 짓겠다고 우는 새 야명조

夜鳴鳥가 산다. 이 새는 밤이 되면 혹독한 추위를 이기지 못해 내일은 꼭 집을 짓겠다고 번번이 오늘 일을 내일로 미룬다. 그러나 날이 밝아 햇살이 비치면 밤새 얼었던 몸을 녹이며 어젯밤 약속을 까맣게 잊고 만다.

서로 같은 무기로 싸움을 했던 시절이 가고, 현실에서 나의 무기는 무엇일까. 숨기고 있는 비장의 무기는 단 하나라도 있는 걸까, 아무리 생각해도 남에게 아집을 부릴만한 무기는 없다. 삼지창 닮은 나무 지팡이도 없다. 영혼 없는 인간처럼 비루하게 변한 지 오래되었다.

나는 무엇으로 사는가
나의 삼지창은 어디에 있는가
무딘 일상을 뚫고 나갈
마음의 창끝을 예리하게 벼렸어도
끝내 어둠은 찌르지 못했다

수반에 돌 하나 올려놓고 우리가 흔히 접하는 계곡의 이끼를 심었다. 그늘을 만들어주고 자주 물을 주었더니 이끼는 차근차근 돌과 수반을 덮고 있다. 내년이면 수반 전체를 완전히 덮을 기세다. 사시사철 푸른 감동을 집안에 들여놓은 잔잔한 정원, 이끼도 꽃胞子囊 피는 식물이었다.

풍란일기 6

"임금이 백성을 섬기면 백성은 임금을 어버이로 여긴다."

　지루하게 내리던 비가 개어 우산 없이 집을 나섰더니 '아
뿔싸' 전철 타고 가는 동안 다시 쏟아졌다. 전철역에 발이 묶
여 오도 가도 못 하는 나를 나무랄 때 빗방울은 더욱 굵어졌
다. 피우다가 빗속에 던져진 담배꽁초처럼 마음마저 초라하

게 젖었다. 출근길 아침부터 진퇴양난에 빠져나갈 수도 뒤돌아갈 수도 없는 공허한 처지를 어찌하랴.

"아버지는 모두 훌륭하시다."

2021년 9월 13일 제21대 서초구 갑 지역 국회의원 경제학자이며 정치인 윤희숙이 부친의 땅 투기 의혹만으로 내던진 국회의원직 사퇴가 찬성 188표, 반대 23표, 기권 12표로 전격 가결되었다.

"공인이 쏘아 올린 화살이 가족에게 행할 때 화살의 의미를 못 본 척하는 건 자신의 본질을 부정하는 것이다."

이 말을 남긴 윤의원은 악취가 진동하는 시궁창 국회를 미련 없이 떠났다. '물고기는 깨끗한 물에서 살 수 없다.' 이 세상에서 대한민국 국회만 그렇다. 이번 일로 한국 정치에 자정 능력이 단 한 방울이라도 생겼으면 좋겠다.

'사퇴 쇼다.' 여당은 악담을 있는 대로 퍼부었다. '니들은 단 한 번이라도 사퇴 쇼를 한 적 있느냐.'

비는 억수같이 쏟아지고 빗물은 길의 움푹 패인 곳을 넘쳐 강물처럼 흘렀다. 간장 종자기 같은 내 가슴은 가랑비만 내려도 넘치는데 장대비가 세상을 후려치고 있다. '민심이 떠내려간다. 웃음이 쓰러진다. 인내가 바닥을 보인다.' 늦장마가 분주한 일상을 움켜쥐었다.

흐르는 빗물이 강물인 듯
오늘따라 빗방울이 야속하다
삶과 죽음의 경계에 서서
갈 길을 잃고 혼자 중얼거려도
비는 줄기차게 내리고 있다

　새로 발간한 시집 몇 권을 챙겨 용산구 원효로 2가에 있는
풍기주유소로 갔다. 그리고 시집을 탁자 위에 펼쳐놓고 서명
^{사인}했다. '박종영 혜존惠存, 이서현 혜존惠存' 주유소를 운영하
는 두 분, 이번에도 어김없이 책을 비싼 값으로 사주었다.
　돌은 주유소 책상 위에 놓여있었는데 박 사장이 직접 뒤편
에 쓰인 흰 글씨를 지우고 내주었다. 검정 돌에 소엽풍란 아
마미를 붙였지만 고마운 마음과는 달리 멋들어지게 자라주
지 않았다.
　"인연의 줄이 끊어지지 않는 이상 잘 자라줄 것을 믿는다."

풍란일기 7

"끄떡하면 불러내는 방탄소년단이 청와대 전속 딱가리냐."

인생을 알면 얼마나 알까. 막이 오르기 전까지는 연출의 시간이지만 막이 오르면 배우들의 시간이다. 그러나 잘못된 연출을 방치하면 큰 문제가 된다.

다시 살아난 그때 그 꿈, 지난날을 뒤돌아보면 대부분 내가 모자라서 일을 그르쳤다. 걷는 길 보도블록 위에는 검은 점들이 밤별처럼 박혀있다. 사람들이 씹다 버린 껌이 눌어붙은 껌딱지였다.

"일본을 욕하지 마라. 일본인은 단 한 사람도 이런 짓을 하지 않는다."

일본 천황가는 백제 왕가의 혈통이고, 사무라이는 신라 무사라는 말이 변형되어 봉건시대에 정착했고, 한국인과 일본인은 같은 동이족이다.

'동이족東夷族'은 고대 중국에서 동방 이민족을 낮춰 부르는 호칭인데 산동 지역 동이족은 우리 조상과는 상관없다. 따라서 중국에는 여러 동이족이 있다. 갑골문자는 국경이 없던 시대 커다란 활을 잘 쏜다는 동녘민족 우리 동이족이 만들었다. 그 증거로 우리는 스스로 우수한 한글을 만들어 사용하고 있다.

수시로 바뀌면서 수만 년 이어온 계절이지만 봄꽃이 있어야 가을 열매가 있다. 잎새 떨어지는 이 가을에 무르익은 곡식이 고개를 숙였다고 해서 가을이 겸손한 건 아니다.

세상을 썩게 하는 사람들이
부패의 화신을 등불로 착각하고
불나비처럼 뛰어들었다

등불에 뜨겁게 타죽으면서도
봄꽃은 잊고 가을 열매를 움켜쥐는 욕심
고약한 마음이 향기 나는 세상을 지배했다

소엽풍란 아마미인데 오랫동안 다른 돌에 붙어살던 것을
작년 여름에 떼어내, 썩은 뿌리는 세심히 다듬고 나머지 뿌
리는 짧게 잘라 옮겨 붙였다. 여름잠을 자고 난 짧은 가을의
약한 세력 탓에 제대로 착생하지 못했다.

돌은 김삿갓 문화제에 초청받아 참석하였을 때 김삿갓 문
학관 앞을 흐르는 내에서 주웠다. 회색 돌이 석부작으로 적
당하여 냉큼 가방에 넣었지만 이틀간 그 무거움을 짊어지고
다녀야만 했다.

영월 김삿갓 문학관은 난고蘭皐 김병연의 문학적 가치를 재
조명하기 위해 2003년 10월 개관하였다. 그리고 해학과 풍
자시를 대표하는 김삿갓 예술혼을 추모하며 기리는 예술제
를 해마다 개최하였다. 15년 전 시화전 행사 때 내 글도 김
삿갓 묘역 부근에 걸렸었는데 지금은 그 시의 제목도 내용도
도무지 기억나지 않는다.

풍란일기 8

"지는 해가 더 눈 따갑다."

내가 사는 곳이 무인도였을까. 혼자 달리기 하여 일등 한들 무슨 의미가 있을까. 이처럼 의미 없는 내 인생 황혼 빛 일몰을 바라보다가 2021년 10월 31일 일요일 오전 열시 신도림역에서 급행전철을 타고 성환으로 갔다.

'수구초심首丘初心' 어째서 고향 돌이 없을까. 돌 하나 찾으러 성환역에서 내려 옛날 송덕교가 있던 하천에 도착했다. 가뭄 탓인지 메마른 바닥을 드러낸 냇가에 모서리가 날카로운 돌들이 널브러져 검게 썩어가고 있었다. 두 시간 이상을 헤매다 어렸을 때 월봉산에서 자주 보았던 운모석과 대리암 두 개의 조각돌을 발견했다.

성환천은 1894년 7월 29일 새벽에 발발한 청일전쟁 월봉산전투 때 아산만에 주둔했던 청나라군대가 이동해 이틀간 머물렀던 곳이다. 다시 진지를 월봉산으로 옮겨 평택에서 진격해온 일본군과 월봉산을 중심으로 격렬하게 싸웠지만, 청나라군은 참패하고 공주로 쫓겨 갔다. 청나라군 총사령관 섭사성은 후퇴하며 노선의 시 남루망을 눈물로 읊조렸고, 성환전투에서 승리한 일본군 총사령관 오시마 요시마사는 다음 날 아침 월봉산봉우리에서 승리의 제를 올렸다. 나의 역사소설 '이화'에 게재했던 제문을 다시 꺼내보면,

"1894년 7월 30일 아침 이렇게 눈부신 날, 대일본제국 천황폐하의 명을 수행하는 오시마 요시마사가 엎드려 비나이다. 높고 넓은 하늘이시여, 우리의 정성을 받아주소서."

"인간의 귀함을 일찍이 알고 있었습니다. 인간의 평등도 일찍이 알고 있었습니다. 따라서 우리는 인간의 귀함과 인간의 평등함을 지키기 위해 거친 바다 건너 조선으로 진출해

기꺼이 젊은 목숨을 던졌습니다. 이 세상에서 살아있는 목숨을 던질 때 슬프지 않은 까닭이 없습니다. 낯선 땅에 묻히는 주검을 보며 외롭지 않은 까닭이 없습니다. 하오나 눈물을 거두고 흩어진 넋을 하나하나 그러모아 조선의 땅 월봉산 봉우리에서 바칩니다. 만고의 충절을 잊지 않는 약속으로 아깝고 안타까운 정을 떼어 바치니, 천지신명이시여 부디 어린 영혼을 굽어 살펴주시옵소서."

일몰 지고 눅눅해진 어둠에 묻혀
짧은 여름밤을 길게 뒤척였다
원래 살던 곳에서 살아야
눈에 익숙한 풍경이 편안함을 주는데
엇갈린 길의 인연은 더없이 불편했다
바람이 눈웃음치며 흘러도
고향 그리움은 낯선 달빛에 잠겼다

가을 끝자락을 밟고 냇둑에서 물웅덩이가 보이는 자갈밭으로 내려가는데 누군가 소리 없이 바짓가랑이를 움켜쥐었다. '돌 가져가지마.' 끝이 날카롭게 휘어진 도깨비바늘이었다. 무수히 달라붙은 도깨비바늘을 하나하나 떼어내고 기꺼이 가져온 돌멩이 대리암에 소엽풍란 설국을 붙였다.

1899년 6월 14일 일본의 소설가 가와바타 야스나리^{川端 康成}가 오사카부 오사카시 기타구의 차화정에서 태어났다. 도쿄대학 국문학과를 졸업하고 요코미스 리이치 등과 분게이지다이^{文藝時代}를 창간하여 허무주의, 표현주의, 미래파 영향을 받아 신감각파의 대표적 작가로 활동했으며 이즈의 무희, 설국, 천 마리의 종이학, 잠든 미녀, 고도^{古都} 등을 발표했다. 1968년 일본인 최초로 노벨문학상을 수상했고, 1972년 4월 16일 ^{쇼와 47년, 향년 74세} 즈시시에서 사망했다.

　　국경의 긴 터널에서 빠져나오자, 눈의 고향이었다. 밤의 밑바닥이 하얘졌다. 신호기에 기차가 멈춰 섰다.^{소설 설국의 첫 문장}

풍란일기 9

시를 읽으면 그 시대로 돌아갈 수 있다. 시를 읽으면 그 시인을 만날 수 있다. 쓸쓸할 때, 외로울 때 혼란한 영감을 얻는 시인은 가슴에 숨겨둔 사연을 시로 꺼내 본다.

"문장의 길에 오르면 스스로 밝아진다."

천륜天倫이나 인륜人倫을 따지지 않고, 도덕道德이나 윤리倫理를 꺼내지 않아도 얽히고설키어 사는 세상에 문학은 필연必然

이다.

문우文友는 글로써 사귄 벗이다. 문우의 존재가 하늘이 내려준 은혜다. 서로 혈연으로 맺은 천륜의 즐거움으로 평생 동안 이어가야 한다.

"임금이 임금답지 못하면 임금을 새로 세울 수 있다."

혁명론을 명분론으로 내세운 공자孔子는 외아들 공리孔鯉에게 직접 학문을 가르치지 않았다. 공자가 마당에 혼자 서 있을 때 공리가 그 앞을 지나가자 공자가 물었다.

"시를 배웠느냐."

"아직 배우지 못했습니다."

"시를 배우지 않으면 말을 제대로 할 수 없다."

또 어느 날 아버지 앞을 지나가는데.

"예는 배웠느냐."

"아직 배우지 못했습니다."

"예를 배우지 않으면 제대로 설 수 없다."

이게 공자가 아들에게 가르친 정원훈육의 전부였고, 아들은 다른 스승에게 학문을 익혔다.

곳곳에 뿌려진 달빛이 붉다
오늘의 달이 병들었나 보다
하늘의 은혜 문우가 없으면

성내지 않는 용서의 마음으로
가진 것 덜어내도 소용없다
나는 누구와 문답을 나누며 살까

성환천에서 가져온 두 개의 돌 중 하나인 운모석인데, 11월 2일 소엽풍란 설국을 붙였다. 이 돌에 자리한 풍란 역시 뿌리를 허공에 맡기고 긴 겨울을 고통으로 지내야 할 것 같다. 봄이 어서 와 단단하게 뿌리내리기를 그저 바랄 뿐이다.

풍란의 계절은 봄이다. 석부작이나 목부작은 봄에 만들어야 봄과 여름 그리고 가을 동안 뿌리내려 겨울을 건강하게 보낼 수 있다. 꽃시장에 나오는 풍란의 종은 그때그때 다를 때가 많다. 좋은 품종 색다른 품종을 구입하고 싶으면 자주 꽃시장을 둘러봐야 한다.

성환천에서 머물다 월봉산으로 이동해 치룬 전투에서 참패한 청나라군 사령관 섭사성이 후퇴할 때 천안 차령고개를 넘어가며 읊은 노선의 시 남루망을 살펴보면,

고향을 떠나 멀리 삼파까지 와서
누각에 올라서니 만 리 저쪽까지 봄 경치로다
그러나 강가의 이 나그네는 마음이 괴롭다
여기 고장 사람이 아니기 때문에

풍란일기 10

복잡하고 위험한 현실에서 걱정 없는 날이 있을까. 어느
것 하나 쉽지 않지만 나를 뒤돌아볼 새 없이 세월에 등 떠밀
려 여기까지 왔다.

"죽어 사라진 사물들을 불러내어 대화하는 것이 영혼주의
시다. 현재와 과거와 미래가 동시에 숨을 쉬는 것이 영혼주

의 문학이다."

　보이지 않는 부분을 추상적으로 그려내는 문장, 나 혼자 주장하는 영혼주의 문학에서 나는 인간만이 영혼이 있다는 믿음을 부정한다. 나는 인간만이 윤회한다는 정설을 부정한다. 동물도 식물도 죽으면 인간처럼 부모의 몸을 통하여 다시 탄생한다.

영혼주의^{soulism} 시

　1 양심 있는 영혼을 상징한다.

　현실의 역사에는 진실과 거짓이 뒤섞여있다. 따라서 자유는 유기적으로 움직여야 할 책임과 양심을 필요로 한다. 모든 사물에 영혼이 있지만 그 속에서 진실된 영혼을 찾아 주인으로 삼는다.

　2 죽음을 포함 모든 사물과 대화한다.

　영혼주의는 실체 없는 죽음과 실체 있는 사물을 대신한다. 이미 모든 게 기억 밖으로 사라졌더라도 상상 속에 그 이름이 남아있으면 언제든지 대화해야 한다.

　3 근본을 자연사상에 둔다.

　모든 종교에는 기도가 있다. 참된 기도로 용서를 구할 때 두려움을 느껴야 한다. 몸을 기댈 수 없어도 천둥, 번개, 태풍의 현상이 진정한 자연사상의 종교다. 영혼주의는 신에게 다가가는 과정을 의미한다.

4 진실한 인간성 회복을 목적한다.

막연한 기대감은 자신의 배반이다. 거짓을 요구하는 시대에서 자신이 자신을 배반하지 않는 혼자만의 굳건한 중심축이 인간성이다. 저마다 하나씩 자신이 기댈 수 있는 기둥을 세워 인간성을 간직해야 한다.

5 곁에 있는 제 3의 시선을 기준 한다.

내가 왜 사는지 생각하는 상상의 자유는 순교 있는 진실을 요구한다. 사상을 자세히 살피려면 자유로운 제 3의 눈이 필요하다. 서로 한 발자국 물러나서 바라보는 여유가 영혼주의 문학이다.

"이 세상에 제 모습을 내보이고 살았던 존재가 멸종되고 남아있던 이름마저 완전히 지워져 기억으로 상상할 수 없으면 그때는 그 영혼도 죽은 거다. 영혼주의 시에서 가장 중요한 것은 산 것과 죽은 것의 조화다."

언제나 불안한 생의 길에서
왜 사냐고 물을 것도 없다
모두 아차 하는 순간 여기까지 왔다

눈앞에 죽음의 강이 흐르는데
나를 만나는 시간은 얼마나 남았을까

  물만 주면 대꾸 없이 화사하게 피는 꽃, 꽃잎이 빨간 일반
석곡이다. 해마다 봄이면 빨간 꽃이 흐드러져 떠나는 봄의
아쉬움을 덜어준다. 구멍이 숭숭한 검정 돌은 한강문학 현
발행인 권녕하 회장이 한탄강 돌이라면서 가져다주었다.
  권녕하 회장은 내가 망원동에서 별 마을 북 카페를 운영할
때 만났다. 그리고 한강시낭송회를 발족해 여러 문학단체를
참관하며 문학의 시간을 많이 가졌다. 특히 인사동을 누비고
다녔던 기행이 새롭다. 그래서 한강문학 창간호 발행인은 나
유재원이다.

4부

풍란하늘

풍란하늘 1

"무엇을 간절히 원하는가."

인간이 아름다운 것은 하나님 형상을 닮았기 때문이다. 목적지를 모르고 무조건 따라나서는 반려동물을 인간의 가치에 비교해서는 안 된다. 곁에 있는 사람을 멀리하고 오로지 동물과 교감하며 사는 은둔형은 삶의 행선지를 잃어버린 사람이다.

소엽풍란 청루각이다. 돌은 제8대 유엔사무총장 반기문 사촌 여동생 반현숙 충주문화해설사가 선물했다. 당시 용산구 자연보호 사무국장이던 나는 조돈숙 회장과 김정재, 박장희 부회장과 그리고 회원들과 함께 남한강 상류 청소하러 갔었다.

'반기문 대망론' 반총장이 귀국하자 국민은 대통령 후보로 떠받았다. 귀국해 먼저 조상 묘를 참배하였는데, 참배하는 과정을 '악마의 편집'으로 편집해 술을 따라 조상께 올리는 과정을 생략하고 곧바로 자신이 마시는 것으로 방송했다. 조선 시대 조보朝報만도 못한 대한민국 공영방송이 앞장서서 그를 조상참배 할 줄도 모르는 패륜아로 몰고 갔다. 비열한 방법으로 인격 살인한 것이다.

'기름장어' 짐승 같은 정치가 이렇게 더러운 별명을 만들어 또 다른 협공을 가했다. 대한민국에서 다시는 나오지 않을 세계적인 유엔사무총장을 무자비하게 난도질한 인간의 짐승들을 나는 결코 잊지 않겠다. 그들은 하나님의 벌을 받아 대대손손 기름에 튀겨지는 장어의 고통으로 살아갈 것이다.

반총장은 유엔사무총장 재임 시절 상선약수上善若水 휘호를 써서 버럭 오바마 미대통령 54세 생일 기념으로 증정했다. 휘호 앞에는 오파마奧巴馬 총통總統 각하閣下 아정雅正이라고 썼다. 아정은 '잘못된 곳을 바로잡아 달라'라는 뜻이다. 나는 지금까지 어원이 일본이라는 것을 알면서도 혜존惠存을 썼는데 이 시간 이후부터는 반총장처럼 아정으로 쓰겠다.

  인간의 사랑은 인간이다
  개의 사랑은 오직 개다
  뛰는 동물의 본능을 빼앗지 마라
  아무도 거들떠보지 않는 저들은
  개똥밭에 뒹군 몸으로
  추억 나무에 아련히 매달린
  별 하나 끌어내려 돌림빵 놨다

그 무렵 용산구 자연보호협회에서는 모든 회원이 모여, 봄에는 나무 심기, 여름에는 한강 청소를 했고, 겨울에는 철원 민통선을 찾아 '새 먹이 주기' 행사를 했다. 독수리 먹이로는 사람들이 싫어하는 비계 많은 돼지고기와 두루미 먹이로는 콩과 밀과 보리를 가마니로 준비해 겨울 벌판 중간에 듬성듬성 나눠놓았다.

서산 9경 중 5경인 362m의 팔봉산 등산로 입구 양 옆으로 홍단풍이 쭉 늘어서 있는데 그 무렵 용산구 자연보호협회 회원들이 심은 나무다. 이런 공적으로 나는 2004년 12월

22일 용산구청장 표창장, 2005년 5월 30일 용산구의회 의장 감사장, 2008년 10월 9일 서울특별시의회 의장 표창장을 받았다.

"어느 자리이건 그 일이 즐거웠다면 다른 사람들도 즐겁다."

풍란하늘 2

"살다가 힘들면 찾아와라."

이런 사람 없을까. 하지만 내게는 없다. 한 사람도 없다.
그것은 내가 그 말을 한 번도 하지 않았기 때문이다.

"모두 내 탓이다."

실컷 울고 나서 죽은 사람이 누구냐고 묻는 어리석은 후회가 나의 습관인지도 모르고 살았다. 인간 가치와 질서를 무시하고 아름다운 세상을 꿈꿨다. 남을 짓밟고 가는 빠름이 지극히 당연한 일인 줄 알았다.

세월호 침몰사고는 2014년 4월 16일 오전 8시 50분 전남 진도군 조도면 부근 해상에서 일어났다. 이날 전국에서 유일하게 단원고만 학력연합평가시험을 거부하고 여행을 떠났다. 그리고 짙은 안개로 모든 배의 출항이 금지되어있었는데 유일하게 세월호만 출항했다.

그날 나는 하루 종일 텔레비전 앞에 있었다. 학생들을 구조할 충분한 시간이 있었는데도 구조를 외면한 이유는 무엇일까. 총 476명의 승선 인원 중 172명이 구조되었고 그중 절반 이상은 어민들이 구조하였다.

"얘들아, 너희들이 촛불광장의 별빛이었다. 너희들의 혼이 천만 촛불이 되었다. 미안하다. 고맙다."

그들이 돈으로 어린 죽음을 덮었어도, 그들이 횃불을 들고 촛불잔치라고 우겼어도 이 엄청난 음모를 하나님은 아신다.

'적당히 살아.' 세파 중간에 끼어 평범하게 사는 것이 이렇게 힘들 줄 몰랐다. 나를 찾는 데 애써도 이제 나는 너무 먼 곳에 와있다.

문학 낭만 사랑이 우리가 누리며 살아야 할 이유지만 '영혼의 안식처' 각자의 종교가 오늘의 삶을 지탱해 준다. 죽음과 서로 아득히 이어져 있는 삶에서 가장 무서운 것은 현실 외면이다.

　　꽃잎이 말을 걸어 왔다
　　낯설지 않은 여린 꽃잎이었지만
　　인간의 욕심이 침입하던 날
　　말하는 꽃잎들은 바다 속으로 침몰했다
　　일부러 수장시킨 슬픈 꽃잎이
　　흰나비 되어 허공에서 너울거렸다

　소엽풍란 아마미다. 돌은 쵸크석인데 절친 문우가 주었다. 그 집에서는 필요 없는 하나의 돌에 불과했지만 나에게로 와서 자연스럽게 석부작으로 태어났다. 바라볼 때마다 함께한 십년 문학 세월이 새롭게 다가와 문학의 끈을 잇고 있다.

풍란하늘 3

"사람을 많이 죽이지 못해 한스럽다."

더 이상 무슨 말이 필요할까. 두 명의 여자를 죽이고 거리 낌 없이 내뱉은 범인의 목소리가 공중으로 흩날렸다.

각 나라마다 자신들만의 전래종교가 있다. 동아시아의 전 통종교인 무속에서 무당은 통상 여성을 뜻하며, 남자 무당은

박수라고 부른다. 무병을 앓고 신내림을 받으면 강신무이고, 집안 대대로 무당 일을 해온 사람이면 세습무다. 무에서 가장 중요한 것은 질병 치료와 앞날의 예언이다.

무당은 접신을 통하여 신의 말을 대신한다. 목사들도 신들린 무당처럼 하나님 말씀을 있는 그대로 진솔하게 전해야 한다. 하지만 하나님을 버리고 사는 또 하나님을 이용해 먹는 지금이 말세다. 응급조치가 필요한 때에 선량한 순교가 무슨 소용인가. 두 여인을 죽인 살인자도 타락한 목사에게 천국행 열차표를 사면 천국으로 갈 수 있는 시대가 아닌가.

"죄로 인해 단절된 하나님과 우리의 관계가 회복하게 된 것은 예수님의 십자가이며, 십자가로 인해 하나님과 우리의 사랑이 영원히 변하지 않는다."

나는 어디로 가는 걸까, 무엇 때문에 그리도 바쁘게 가는 걸까. 이게 아닌데 하고 후회할 때는 시선이 흐려 뒤를 돌아보아도 보이는 게 없다. 하루 종일 풍란의 향기에 핑계거리를 찾아 적는 것을 버리고, 고개 숙여 감사하는 마음을 가져야 한다. 모두가 네 탓이다. 일관된 변명을 버리지 못하는 현실이 야속하다.

부패腐敗와 발효醱酵는 전혀 다르다. 부패는 부패균이나 미생물에 의하여 물질이 변해 사람들에게 해로움을 준다. 어둠의 골짜기 음습에 숨어 썩은 음식을 갉는 쥐며느리 같은 심보를 갖은 인간이다.

발효는 발효균이나 미생물 등을 이용해 육종하는 과정으로 김치, 요구르트같이 많은 사람에게 이로움을 준다. 발효의 생산물은 유기산, 가스, 알코올 등이 있다.

스스로 부한 체하여도 아무것도 없는 자가 있고, 스스로 가난한 체하여도 재물이 많은 자가 있느니라.^{잠 13:7}

> 영원으로 가는 천국행 열차표는
> 자신의 겸손한 양심으로 구하는 것
> 누구 할 것 없이 팔거나 살 수 없다
> 평생을 살아도 만족할 수 없는 삶
> 이기려 하지 말고 나이로 견디어라

까치산역에서 집으로 가는 길, 뭇사람 발길에 채이던 돌인데 작년 봄에 일반 풍란을 붙였다. 하얀 몸에 검은 점이 무수히 박힌 돌멩이의 아픔을 기억하려는지 풍란은 뿌리를 사정없이 내려 상처를 덮어주었다. 이제는 풍란꽃 하얀 향기로 나머지 기억마저 덮어주기를.

풍란하늘 4

"꽃구경 많이 하였느냐."

이승을 하직하고 저승 가면 이승의 죄를 심판하는 염라대
왕이 맨 처음 물어보는 말이다. 생각할 것도 없이 꽃구경 많

이 한 사람은 마음이 아름다워 죄를 짓지 않았다는 뜻이다.

꽃을 사랑하는 사람은 혼자 있어도 외롭지 않다. 꽃이 말을 걸어주기 때문이다. 주고받는 대화로 정을 나눌 수도 있지만 꽃의 말을 듣는 것만으로도 행복하다.

1982년 11월 14일 미국 라스베이거스에서 벌어진 권투시합 WBA 라이트급 세계타이틀매치 중 14회에 쓰러진 김득구 선수가 뇌수술 받았으나 나흘 뒤 25세의 나이로 사망했다. 어머니가 부랴부랴 미국으로 건너가 혼수상태의 아들을 보고 '득구야 눈을 떠라.' 외쳤지만 아무 소용없었다.

김 선수 사망 석 달 뒤 '내가 가난해서 아들이 권투를 했다. 내가 아들을 죽인 셈이다.' 어머니는 유서를 남기고 생을 마감했고, 경기 주심을 맡은 리처드 그린도 죽음에 이르게 한 비난과 죄책감에 시달리다 7개월 뒤 자살했고, 상대 선수 챔피언 레이 맨시니는 1984년 6월 1일 리빙스턴 브램블에게 타이틀을 상실한 뒤 다시 재기를 노렸으나 심한 우울증에 걸렸다.

백팔번뇌는 '안 이 비 설 신 의' 육근과 '색 성 향 미 촉 법' 육경과 '호 악 평등'이 '과거 현재 미래'에 끊임없이 작용하여 생긴 것을 말한다.

다시 말해 육근과 육경을 더하면 12이고, 여기에 호 악 평등 3을 곱하면 36이 되고 여기에 과거 현재 미래 3을 곱하면

108이 된다.

"몇 날 굶은 사람 앞에서 맛난 음식을 먹는 것은 죄악이다."

현실의 법과 하늘의 이치는 다르다. 남을 괴롭게 하는 것은 내 몸에 종기를 키우는 것이다. 꽃을 보며 사랑의 본모습을 알았다면 그 또한 즐거운 일 아닌가. 도를 깨우치는데 많은 시간이 필요한 건 아니다.

별 하늘에 바람 불면
달의 계수나무 잎이 흔들렸다
꽃잎이 소리 없이 흩어져
그대 기다리는 창가에 내리면
혼자 맞이한 이별의 두려움
가시버시 약속은 불장난이었다

대엽풍란이다. 나도풍란이라고도 부른다. 소엽풍란보다 일찍 꽃을 피우며 향도 훨씬 더 진하다. 하지만 아쉽게도 대부분 번식이 없고 해마다 새잎을 내밀어 크다가 명이 다되면 스스로 죽는다.

돌은 강원도 홍천강에서 가져왔다. 강물에 발을 담그고 견지 낚시하는 사람들 틈에서 발견했으나 돌 모양이 신통치 않아 대엽풍란을 여러 개 붙였다. 흐르는 강물의 낚시보다 마음에 든 단 하나의 돌을 줍는 게 나에게는 커다란 즐거움이었다.

'흐르는 강물처럼'은 1992년 10월 9일 미국 컬럼비아 픽처스가 제작해 개봉한 영화다. 로버트 레드포드가 감독을 맡고, 브래드 피트가 주연한 플라잉낚시를 종교처럼 소중하게 여기는 가족 이야기다. 몬타주 강가의 교회에 살면서 송어를 낚는 아버지에게 아들들은 어려서부터 낚시를 배운다. 아름다운 자연환경과 예술적 경지에 도달한 플라잉낚시를 가족 간의 사랑으로 잔잔하게 그려냈다.

풍란하늘 5

"그분은 어디서 오셨을까."

궁금할 것 없다. 하나님은 우리에게 항상 존재하시고 영원히 함께 하신다. 이처럼 시작과 끝이 없는 모든 것의 유일한 창조자이시다. 우리가 그분의 동반자로 살아갈 때 자연히 알게 된다.

여간해서 눈에 띄지 않는 작은 풀씨에도 피가 도는 자궁이 있다. 이 세상에 없을 것 같은 미세한 자궁은 해마다 싹을 틔우고 기른다.

작은 마음이라 해도 진실하면 어디를 가더라도 천국 아닌 곳이 없다. 보잘것없는 몸이라도 깨끗하면 일부러 천국을 가려고 애쓰지 않아도 간다.

곳곳에 도사린 악, 무료급식이 인간을 병들게 하고 세월을 허송하게 만든다. 밀림 속 짐승이 진정한 자유를 누리는 것은 스스로 먹이를 쟁취하기 때문이다.

"현실에서 대장동 비리의 그분은 누구인가."

살아있어도 살아있는 것이 아닌 인생이 유생무생有生無生이다. 우리가 뒤를 돌아보는 것은 뒷사람을 배려하기 위함이다. 우리는 비리의 그분을 우리 곁에서 영원히 내쳐야 한다.

배급에 길들여진 사람들이여
이제는 하늘의 계시도 잊었는가
자유로운 영혼을 간직하려면
기도하라, 깨우쳐라, 일어나라
우리 세상은 고통 아닌 게 없다

일반석곡이다. 돌에 붙어 흰 꽃을 피며 살던 것인데 숫자

가 늘어나고 썩은 뿌리가 많이 생겨 작년 여름에 다듬어 적
벽돌에 옮겼다. 석곡은 바위나 고목에 붙어살아 석란이라고
도 부른다. 효능은 허열을 다스리고 위장의 윤동작용을 활발
하게 한다. 입맛이 떨어질 때 건위재로 쓰이며 또 인삼에 버
금가는 강장약으로 성교 불능 상태를 개선해준다.

풍란하늘 6

"이거 재미있겠다."

묻지 마 관광은 서로 간의 소개와 회원제로 운명하며 거의
가 혼자 사는 사람들이라고 했다. 간혹 유부남 유부녀가 끼
이지만 정확하게 가려낼 방도도 없고 구태여 그렇게까지 할
필요도 없다.

묻지 마 관광은 승차하기 전에 좌석번호를 문자로 보내준다. 남자건 여자건 주최 측에서 지정해준 좌석번호를 찾아가면 남녀가 쌍쌍이 앉게 되어있다. 어느 때는 1호차 회원이 2호차에 타서 첫눈에 반한 사람과 통성명하고 즐거워할 때 진짜 번호를 가진 사람이 나타나 다시 제자리 찾아 돌아가는 경우도 있다. 이와 같이 번호표 하나로 인연도 덩달아 엇갈릴 때가 있다.

2019년 11월 2일, 북한인 2명이 오징어잡이 배를 타고 귀순했다. 그러나 정부는 11월 7일 이들을 밧줄로 묶고 재갈을 물리고 안대를 씌워 판문점까지 끌고 가 강제 북송시켰다. 정부는 이들이 어부 16명을 살해한 흉악범이고 망명할 의사가 불분명해 강제 추방했다고 발표했다. 강제 추방이 국내법에 맞는지 국제법에 맞는지 적법절차를 따지지 않더라도 생명권을 침해한 것은 분명하다. 탈북자 보호 의무를 저버린 자유민주주의 대한민국 정부에 의해 이들은 죽어서 가는 지옥을 살아서 갔다.

"나를 믿는 사람은 멸망하지 않고 영원한 생명을 얻는다."

이런 말을 남긴 예수는 1세기 유대인의 설교자, 종교 지도자로 지금은 기독교 중심 신앙의 대상자다. 실존 인물 예수에게 따라붙는 '그리스도'라는 말은 '기름을 부은'이라는 뜻이다.

예수는 두 명의 강도와 함께
십자가에 못 박혀 죽었다
예수와 강도의 인연이 엇갈렸더라면
강도가 사흘 만에 부활했을 것이다
나는 오늘이 마지막 날인 것처럼
묻지 마 관광버스를 타고 하염없이 달렸다

길쭉한 돌에는 소엽풍란 설산을 붙이고 받침돌에는 근래
에 와서 두란을 붙였다. 이 돌에서만 십여 년을 살았던 설산
한쪽이 죽어 모양이 비뚤어져 보인다. 받침돌은 붉은 화산석
인데 늘 습기를 머금고 있어 이끼가 저절로 생겨났다.

자연은 스스로 존재하거나 저절로 이루어진 사물이며, 사
람을 포함한 우주 만물의 질서와 현상에 존재한다. 따라서
자연은 우리가 함께할 대상이지 정복할 대상이 아니다. 보
라, 온도와 습기와 햇빛이 적당할 때 이끼가 와서 자라는
것을.

풍란하늘 7

"왔으면 가야지."

신라의 고승 원효는 법명이고 성은 설薛 이름은 사띠다. 학
자, 사상가, 작가, 시인, 정치가이기도 하다. 15세에 출가하
여 28세 때 일어난 어머니 조 씨 죽음에 큰 충격을 받고 오

랫동안 삶과 죽음을 고민했다.

원효는 661년문무왕 1년 의상과 당나라 유학 가던 길에 당항성경기도 화성시 구봉산성 근처의 무덤에서 잠들었고, 잠결에 마신 물이 해골바가지 물이라는 것을 알고 토하다가 삼계유심三界唯心의 원리 일체유심조一切唯心造의 진리를 깨달았다.

"곧 마음이 일어나므로 갖가지 현상이 일어나고, 마음이 멸하니 땅 막과 무덤이 둘이 아님을 알았다."

고려 시대, 핍박받는 스님들이 나귀를 타고 작은 종을 울리며 마을을 돌아다녔는데 이때 사람들이 양식을 들고 나와 시주했다. 조선 시대로 넘어오면서 이런 행동을 동냥질이라고 하였다. 그래서 동냥질 어원은 동령에서 왔다.

"물은 원래 더럽지도 않고 깨끗하지도 않다. 그것이 찻잔에 담기면 깨끗해지고 오물통에 담기면 더러워진다. 잘 늙으면 청춘보다 아름답다."

만공스님이 수덕사 초당에서 말했다.

욕심을 모두 내려놓았어도
사랑은 목마른 외침
자루 없는 도끼가 무슨 소용인가
허기를 비켜가는 바람도 잠시
어느새 노을이 휘어진 빛을 반사했다

소엽풍란 아마미다. 돌은 어느 가을밤 시낭송회를 마치고 돌아오는 길 혜화역 가로수 아래 마른 풀숲에서 발견했다. 누가 볼세라 얼른 종이봉투에 담았는데 이미 십 년 세월이 훌쩍 지나가고 말았다. 세로로 세울 수 없는 돌 아예 뉘어놓고 풍란을 붙였다.

1908년 육당 최남선과 춘원 이광수가 함께 창간한 '소년' 지에 '해에게서 소년에게'를 창간호에 발표한 것을 기려 그 날을 '시의 날'로 정하고, 1987년 11월 1일 제1회 시의 날 행사를 세종문화회관에서 개최하였다. 나는 4천 원 주고 표를 구입해 입장하였는데 가까운 곳에 김종필 대표와 노태우 대표가 나란히 앉아 있었다. 일반좌석이 매진되어 할 수 없이 몇 개 남지 않은 로얄좌석 표를 구입했던 것이다. 행사는 시낭송 대회와 시극을 하였는데 하얀 두루마기 입고 징을 치며 낭송한 원로 시인, 서너 명의 여자들이 외친 껍데기는 가라, 배우 유인촌의 베 가르기 연기가 기억에 남아있다. 당시는 시낭송이 대중화되지 않아 웅변처럼 낭송하는 사람이 많았다.

풍란하늘 8

　나의 잘못은 마땅히 용서하고 너의 잘못은 악랄하게 까발
리는 이 시대에서 대한민국 예수는 누구일까. 대한예수교장
로회 소속 군소교단의 창시자이자 교단장인 사랑제일교회
전광훈목사가 아닐까. 광화문광장에서 몸 바쳐 투쟁하는 모
습을 보면 그런 것 같기도 하다.

국가와 국가의 싸움에서 패배하면 죽음이거나 노예가 된다. 공산주의와의 투쟁에서 지면 자유를 잃는다. 원하건 원하지 않던 생존을 위해 끝이 없는 싸움에서 정의도 패배하면 아무 소용없다. 힘이 없으면 평화도 자유도 없다.

하나님은 힘을 기르지 않거나 용감하지 않아 패배한 나라와 국민은 보살펴주지 않는다. 하나님은 비겁한 나라의 국민은 자멸하도록 그냥 내버려 둔다.

누가 적인지도 모르고 공산주의 중국몽 속에서 헤매는 대한민국은 하나님이 버린 지 오래다. 스스로 무장 해제하고 공산주의 북조선 하명에 따라 움직이는 대한민국은 하나님이 외면한지 오래다.

'하나님, 자신들을 위한 법을 생산해내는 국회와 북한이 남북연락전화선 한 줄 끊었다 이어만 줘도 감격해 하는 청와대에 질 좋은 다이너마이트 더도 덜도 말고 1톤만 터트려주시옵소서.' 이렇게 기도하고 싶은 마음이다.

강한 힘을 기르지 않으면 냉엄한 하나님의 보살핌을 얻을 수 없다. 악마와 손잡은 정치가 정치조작으로, 진실 되고 의로운 사람을 무조건 내치고 있는 현실이 그 증거다.

이념은 비빔밥이 아니다
아무리 식성 좋은 사람도

사상은 비벼 먹을 수 없다
종교문화를 수용한 사랑과 관용이
숙성 과정의 진액처럼 빠져나가고
지금은 얼큰하다는 거짓말
썩은 음식이 한가득 남아있을 뿐이다

소엽풍란 아마미다. 돌은 용산구 서계동 살 때 서산 삼길
포로 야유회 갔다가 해안에서 주웠다. 오랫동안 쓸모없이 굴
러다니다 작년 봄에서야 겨우 작은 풍란 하나가 붙었다.
'서산 삼길포항' 쭉 늘어선 선상에서 즉석 회를 판매하는
게 이색적이었는데 당시 우리는 '쌍둥이네' 횟배에서 회를 떠
거기서 안내한 식당으로 갔다.

풍란하늘 9

벌써 가을이다. 천고마비^{天高馬肥} 원말은 '가을 하늘이 높으니 변방의 말이 살찌는구나.' 추고새마비^{秋高塞馬肥}로 당나라 초기 시인 두심언^{杜審言}의 시에서 나왔는데 두심원은 두보^{杜甫}의 조부다.

"주 예수를 믿어야 천당 간다."

이 좋은 가을날 얼마나 예수 영업이 어려웠으면 길거리로 나와 미친 듯이 소리 지를까. '불신지옥'은 믿음의 권유가 아닌 협박이다.

'나사렛 예수'라고 부르는 것은 그 당시 예수라는 이름이 많았기 때문이다. 또 아버지 이름에 연결해서 이름을 정하는 것도 유대인에게 흔한 관습이었기 때문이다.

"진짜 예수를 믿어야 한다."

한국에서는 교회의 숫자만큼이나 많은 예수가 존재한다. 서로가 자신의 교회가 진짜 예수를 믿는다고 선전한다. 심지어 예수 영업하는 어떤 목자는 자신이 하나님과 소통하는 이 시대의 예수라고 서슴없이 지껄인다. 뿐만 아니라 사기성 거짓말로 뒤범벅된 전직 법무장관을 이 시대의 예수라고 추켜세우는 사람도 있다.

예수를 팔아 자신의 욕심을 채우는 추악한 사람들이 득실거리는 세상, 지금이 확신에 찬 올바른 신앙으로 가는 종교 개혁이 필요한 때다.

"원칙 없는 예수 영업은 죄악이다. 하나님을 가슴으로 섬기면 어둠이 와도 길을 잃지 않는다."

예수의 본향은 저 높은 하늘이다
우리의 본향도 저 높은 하늘이다

정신줄 놓은 채 마지못해 사는 세상
잘못된 변명으로 구차하게 사는 세상
핑계 없는 무덤이 진실을 말해주고 있다

소엽풍란 부악이다. 부귀란과 상통하는 란인데 십년 세월
이 훌쩍 지나도록 한 번도 꽃을 피우지 않았다. 언제 꽃을 피
울까. 기다리는 마음으로 상한 잎과 썩은 뿌리를 도려내고
다시 그 자리에 붙였다.

'차돌'의 광물명은 석영이다. 야무진 사람을 비유하기도 하
는데 보석으로 사용되는 것은 수정이다. 이렇게 단단한 차돌
이 언제 어디서 어떻게 왔는지 나도 모른다.

풍란하늘 10

  닳고 닳아 나중에 손에 잡히지 않을 때는 볼펜 껍데기 같은 깍지에 끼어 쓰는 몽당연필이 있다.

  미국은 우주선에서 쓸 볼펜을 개발하는 데 수백억 원의 경비를 소비했다. 하지만 소련은 우주선에서 우리가 흔히 쓰는 연필을 사용했다.

인간들은 왜 신의 영역으로 우주선을 쏘아 올릴까.

인류 최초 우주인은 소련의 유리 알렉세예비치 가가린이다. 그는 1961년 4월 12일 보스토크 1호를 타고 1시간 29분 만에 지구 상공을 일주했다. '지구는 푸른빛이었다.' 유명한 말을 남긴 가가린은 1969년 3월 27일 비행 훈련 중 제트기가 추락해 겨우 34세의 나이로 사망했다.

"모두 병들었는데 아픈 사람이 없다."

사실주의 작가 톨스토이 말을 실행한 것일까. 인류의 영웅 그도 죽어서 신의 영역으로 들어갔다. 우주를 날던 꿈을 간직하고 더 높은 하늘로 올라갔다. 그리고 계급 없는 영혼으로 하늘을 날개 없이 날고 있다.

달에 처음으로 착륙한 유인우주선은 아폴로 11호다. 1969년 7월 16일 닐 암스트롱, 마이클 콜린스, 버즈 올드린을 태운 우주선이 발사되었고 7월 20일 암스트롱과 올드린이 인류 최초로 달에 발자국을 남겼다.

기도로 채울 수 없는 마음
도대체 우주에는 무엇이 있을까
미래에서 건너와 현실에 머물다
영원히 과거로 돌아간 사람들
그들도 신의 모습이 보고 싶었나보다

소엽풍란 아마미다. 돌은 2006년 12월 용산구 서계동에서 망원동으로 이사할 때 먼저 살던 사람이 놓고 간 것이다. 모양은 공룡 알 같고 느낌은 목성 같은 이 돌에 소엽풍란 이세회계를 붙여 십여 년을 길렀는데 뿌리와 잎이 부분적으로 썩어 작년 여름에 떼어냈다.

여름 풍란은 둥근 돌 위에서 심한 몸살을 앓았다. 아직 잠에서 깨어나지도 않았는데 나는 연신 조바심의 물을 퍼부었다. 정화수의 정성이었을까. 가을이 되자 풍란은 사정없이 뿌리를 내리기 시작했다. 하지만 '짧은 가을' 시월 추위가 몰려왔고 풍란은 그만 성장을 멈추었다.

5부

풍란정치

풍란정치 1

정치政治는 '바르게 일하다.'를 뜻하는데 고대 중국 유교 경
전인 상서에서 도흡정치倒洽政治라는 문장으로 등장한다.

다른 사람의 부조화로운 것 부정적인 것을 바로잡아 극복
해야할 때, 오로지 끌어내리기의 비난으로 시간을 허비하는
의사당 사람들이 '휘둘러 꽃잎 떨어트리는 똥 막대기 상식'을

들고 대들었다.

답답한 국민이 백신대란을 일으킨 정부에 물었다.

"다른 나라는 백신을 구입했다는데 우리나라는 언제쯤 들어옵니까."

"그건 그 나라에게 물어보세요."

국무총리의 염장 지르는 대답만 듣고 말았다.

사람이여, 바위에 붙어 뿌리내리는 풍란의 인내를 아는가. 사람이여, 사시사철 푸른 잎을 내보이는 풍란의 시련을 아는가. 양심이 조금이라도 남아있다면 더 이상 국민을 위한다는 말 하지마라. 더 이상 국민의 뜻이라는 말 하지 마라. 영영 곁에 두지 않아야 좋을 사람들.

"문화재 발굴과 도굴을 구별할 줄 모르는 정치가 역겹다."

타락한 언론, 조선의 조보보다 조악한 언론이 의혹을 제기하면 홍위병들은 벌떼같이 들고일어나 인격 살인하는, 그리고 뒤로는 악마와 은밀히 손잡고 불법을 거래하는 정치의 막된 가슴을 다듬질하는 다듬이 방망이로 깨부수고 싶다.

조보朝報는 조선 시대 왕의 명령과 지시를 받아 승정원에서 필사한 기별지다. 왕과 신하들 회의가 끝나면 조보소에서 그날의 소식을 요약 필사해 한양의 양반과 지방의 관리와 소통하던 세계 최초의 신문이었다. 그러나 선조의 언론탄압으로 100일 만에 막을 내렸다.

"말을 배우는 데는 2년이 걸리지만 침묵을 배우기 위해서
는 60년이 걸린다."

이미 피 맛에 길들어진
붉은 입술이 오늘을 슬프게 했다
두드려 밤이 정겨운 다듬이소리가
창가의 흰 눈으로 소복하게 쌓여도
저들은 눈꽃을 좀 슬게 했다
현란한 무희처럼 혀 춤추는 인간들이
망망대해에서 서로 뱃머리를 돌렸다

새하얀 꽃잎이 눈 시리게 했다. 잎과 뿌리가 단단한 서양
석곡 포 캔 러브다. 돌은 구파발에 아파트가 들어서기 전 그
곳 작은 냇가에서 주웠다. 석질이 그리 단단하지 않아 풍란
대신 뿌리가 가느다란 석곡을 붙였다. 석곡은 생각 외로 건
강하게 착생하여 자신의 식솔들을 한참 늘리는 중이다.

풍란정치 2

"당이 결심하면 우리는 한다."

아직도 이런 반인륜적 사상이 존재하고 있다. 세월에 빛바랜 낡은 주체사상이 남아 국민을 지배하는 것은 커다란 불행이다.

'사람을 살리는 것이 정치다.' 고귀한 목숨이 무엇을 위해 또 누구를 위해 무수히 자살 당해야만 하는 건지 대명천지 현실에서 '악의 심보' 사람 죽이는 종복주의 정치를 비난하지 않을 수 없다.

나는 1사단 15연대전투지원중대에 배치되어 근무했다. 임진강 변 두포리에서 복무하던 중 도라산 제3 땅굴 수색작전에 106미리 무반동총 지프차 운전병으로 투입되었다. 지프차는 1960년대에 개발하여 월남전에서 사용하다 종전과 함께 들여온 4륜구동 미제 케네디지프였다. 토우미사일 지프차, 서치라이트 지프차와 함께 도라산 꼭대기 진지에서 만약의 상황을 대비하고 있을 때, 1976년 8월 18일 판문점 도끼만행 사건이 일어났다. 땅굴수색작전을 방해할 목적을 가진 북한군 30여 명이 도끼를 휘둘러 미루나무 가지치기하는 미군 장교 2명을 살해한 것이다.

전군에 비상이 걸리고 미군헬기가 날아 적의 지피에 기관총을 난사했지만 적은 아무 대꾸가 없었다. 우리 2개 분대도 언제든지 발사할 수 있도록 포탄을 장진해 놓고 있었다. 긴장이 끊어질 듯 팽팽해졌을 때 군대 경험이 많은 선임하사는 모든 것을 체념한 듯 눈을 지그시 감았다. 나와 함께 짧은 여름밤을 두렵게 지새운 또 한 명의 운전병이 있었는데 서울 청파동이 고향인 최완종 병사였다.

도라산 제3 땅굴은 1974년 9월 5일 북한 측량기사 김부성

귀순으로 그 사실이 알려졌다. 그러자 아군은 작전계획에 따라 철책선 안으로 들어가 굵은 쇠파이프를 약 2백 미터 깊이로 촘촘한 울타리처럼 이어 박는 작업을 시작했다. 당시는 발견하지 못했지만 내가 제대한 지 15개월이 지나갔을 무렵 1978년 10월 17일 발견되었다. 전두환 소장이 전진부대인 1사단장으로 근무하고 있을 때였다.

"공산주의자가 죽음에 대한 공포를 더 많이 느낀다. 그것은 그들에게 종교가 없기 때문이다."

주체사상으로 침몰하는 북한을 보면서 주체사상을 표방하는 의도는 무얼까. 아무리 깊게 생각해도 도무지 이해할 수가 없다. '빨갱이는 죽여도 돼' 이 팻말을 들고 광화문광장을 누비던 성호 스님이 기억난다. 한번 붉게 물들면 죽을 때까지 변하지 않는 공산주의는 하나님의 심판 대상이다.

"경제를 제대로 알면 절대로 공산주의가 될 수 없다."

인간성을 상실한 전체주의에서
고난의 행군으로 숨진 인민들을 본다
삼백만 명이 굶어죽었어도 누군가는
아직도 나라가 건재하다고 부러워한다
시계의 중심, 심보가 조금이라도 휘어지면
모든 톱니바퀴는 한순간에 어긋나는데

소엽풍란 아마미다. 돌은 지금 사는 집 근처 길가에 버려진 것을 가져왔다. 누군가 수석으로 간수했다가 필요 없게 되자 미련 두지 않고 버린 것 같다. 어찌 보면 거북 등껍질 닮은 것 같기도 해 가운데에다 소엽풍란을 붙였다.

'오늘도 무너지는 자유를 보며 한숨짓는다.' 봄이 오고 튼실하게 자라는 풍란 뿌리 끝을 달팽이가 달라붙어 밤새 죄다 갉아먹었다. 다시 뿌리를 내리려면 또 한 계절을 보내야 한다. 인간들이 이념으로 세월을 허송할 때 풍란은 끊어진 목숨을 잇는 시련을 겪었다.

풍란정치 3

'백성은 정치를 몰라야 한다.' 공자님 말씀이다. 정치인이 정치를 잘해 모두가 편안하게 살면 누가 구태여 정치를 알고 싶어 할까. 하지만 현실은 온 국민이 정치전문가다. 눈뜨는 아침부터 늦은 밤까지 정치 얘기로 시작해서 정치 얘기로 끝난다.

풍난꽃 향기를 맡을 수 있는 시간이 얼마나 남았을까. 가난을 밀어낸 시절이 엊그제인데 또 다른 가난이 몰려온다. 이제는 가난을 물리칠 기력도 없다. 그저 지팡이 짚고 주는 배급이나 받아먹어야 한다. 버림받은 화냥년처럼 세상을 떠돌다 홀로 회절강물에 빠져 죽어야 한다.

"서럽다."

나라가 있는 데도 나라를 잃어버린 것처럼 서럽다. 붉은 사상이 득실거리는 울타리 안에서 숨쉬기조차 힘겹다. 젊은 계집하고 피 같은 국민 세금으로 호텔 밥 먹는 국정원장의 행태를 바라만 보는 오늘은 한반도기에 밀려난 태극기가 더욱 그립다.

"우리는 아직 죽지 않았다."

영혼을 던진 배고픈 짐승으로 살아야 하는 현실이 아득하여도 과도한 빚으로 국가 경제를 망친 선동자는 죽어 지옥불에 내동댕이쳐질 것이 분명하다. 길들이기와 편가르기 하는 위선적인 집권세력에 저항해야 한다.

'현명한 사람은 모든 것을 자신의 내부에서 찾고 어리석은 사람은 모든 것을 타인들 속에서 찾는다.' 공자님 말씀을 끄집어내는 것이 부끄러운 현실에서 정치는 오직 '내로남불'이다. 썩은 고기 앞에서 침 흘리는 하이에나 떼 같은 정치에 둘러싸여 망해가는 이 나라를 바라보며, 한숨으로 위안을 삼는 오늘이 너무 서럽다.

"나는 힘이 없다. 그러나 나에게 준 한 표로 이들을 응징하겠다."

세상이 크게 한번 뒤집어졌으면
날마다 광화문광장에 나가 소원했다
작은 태극기 하나 들고 소원했다
가라, 붉은 사람은 붉은 사람끼리 살아라
나는 남아서 마지막 자유를 지키겠다

십오 년 전 구파발 꽃시장에서 구입한 소엽풍란 어성무지인데 상한 뿌리가 많아 재작년 적당히 다듬어 돌 자체를 옮겨 다시 붙였다. 작년 봄에 새 뿌리를 내리고 이어서 흰 꽃잎을 마음껏 보여주었다.

무게가 제법 나가는 임진강 돌이다. '풍란 기르기' 그때는 큰 돌을 선호했지만 지금은 가벼운 돌을 좋아한다. 봄이면 바깥으로 나가고 가을이면 안으로 들어오는 수많은 돌이 나의 허리를 힘들게 하기 때문이다.

풍란정치 4

누구를 원망하랴.

조선 처녀들이 수백 년을 내리 중국에 공출되어 중국군 성
노예로 한평생을 살다 화냥년으로 돌아올 때까지 조선의 남
자들은 없었다. 한국 처녀들이 수년 동안 일본에 공출되어
위안부로 청춘을 잃고 숨어 살아도 한국의 남자들은 없었다.

아버지는 열 아들을 키울 수 있으나 열 아들은 한 아버지를 봉양키 어렵다. 아무리 효성이 지극해도 부모의 사랑에는 미치지 못한다는 마음이 가족을 묶어주는 밧줄인데 자신의 여자, 꽃다운 처녀를 지켜주지 못한 남자들. 그들이 조선의 남자, 한국의 남자였다.

아직도 기쁨조 있는 북한이 부러운가. 기쁨조를 혼자만이 누리는 나라가 정의롭고 공정한가. 어둠의 자궁에서 빠져나와 눈부신 빛에 조응하다 사라지고 만 인생이 슬퍼도 '피 굶주린 거머리' 뼈만 앙상하게 남은 위안부 할머니 피를 모조리 빨아먹은 계집을 국회의원 시켜주는 나라가 대한민국이다.

"정치 참 쉽다. 잘못과 비리가 발각될 때마다 박근혜 탓이라고 하면 된다."

자신들의 비리를 엉뚱한 곳으로 돌리기 위해 남을 잘못을 들추어 자신의 변명에 섞는 '논점 이탈'이다. 특히 뉴스 시간에 사회자를 돕기 위해 패널로 출연한 정치 떨거지들이 이런 짓을 많이 한다.

"어쨌든 정치는 국민의 마음을 움직이게 하는 거다."

앞을 가로막는 흰 어둠이 밀려왔다
피 맺힌 속을 적시는 안개였다
어제의 소란했던 풀벌레울음도 사라지고

남은 청춘이 안개에 젖어 무거운
화냥년, 위안부 이름이 어둠처럼 두렵다

    소엽풍란 아마미를 작은 남근석에 붙였다. 임진강 수석인데 크기가 작아 십여 년을 보관해오다 작년 봄에 붙였다. 석질이 무른지 습기를 머금고 있는 시간이 길어 이끼가 생기기 시작했다. 이끼 틈에서는 풍란이 제대로 착생하지 못한다. 더 이상 이끼가 자생하지 않도록 햇빛과 습도를 조절하며 기르는 중이다.

풍란정치 5

"내 밥을 두고 남의 밥을 먹으면 누군가는 굶어야 한다."

벼랑 끝에서 추락하는 순간도 하늘을 나는 걸까. 아득한 허공에서 날개 없이 추락하면 직사한다.

별이 곱게 눈 뜬 밤하늘이 추울 때 끌어 덮는 이불일까. 세상이 얼어붙은 겨울에 한데서 잠들면 동사한다.

적폐積弊는 오랫동안 쌓인 관행, 부패, 비리 등을 말한다. 적폐를 청산한다고 선동하다 적폐의 주체가 되고 만 정부 여당, 비리에 빌붙어 사는 사람들이 즐비한 현실은 시시각각 불안하다. 말로만 평화를 외치는 사람들의 속은 너무 빨갛다. 무엇이 어디서부터 잘못되었는지 자존감마저 잃어버린 대한민국이다.

"백성들에게 누명을 씌운 관리는 엄벌하되 임금을 험담한 백성은 용서하라."

세종대왕의 말을 잊은 채 죽은 적폐만을 골라 난도질하는 현실의 적폐는 누구인가. 불편한 진실이지만 중국의 천 년 속국은 청일전쟁에서 승리한 일본이 해방시켜 주었고, 일본의 삼십육 년 식민지는 2차 세계대전에서 승리한 미국이 해방시켜 주었다. 일본 식민지 시절보다 두 배나 긴 남북 분단은 또 어느 나라가 해결해줄 것인가.

"알았건 몰랐건 우리는 미개한 정치 중심에 서 있다."

개도 밥 먹을 때는 건드리지 않는다. 밥 먹을 때 건드리면 물리기 때문이다.

나라가 있어도 소용없는 시절
산에 들어가 나무껍질 벗겨 먹다가
흙에 박힌 풀뿌리 캐 먹다가

부황 들어 온몸이 퉁퉁 부었다
역병으로 죽어나가는 현실도 마찬가지
배고픈 사람들이 짐승처럼 울부짖었다

작년 봄부터 가지런히 뿌리내리고 있는 일반소엽풍란이
다. 이 돌 역시 청평 숙이네 청국장 식당에서 가져왔다.
"우리 돌 다 가져가네."
이 돌을 가져올 때 마음씨 좋은 여사장이 애교 한마디 던
졌다. 그러든 말든 나는 마치 옛날에 맡겨놓은 내 물건처럼
성큼 집어 검정 비닐봉지에 담았다.
수석水石은 특이한 형태, 문양, 색깔을 가진 자연의 돌을 말
한다. 주로 강가나 바닷가에서 탐석하여 실내에서 감상한다.
산수경석, 형상석, 물형석, 문양석, 색채석, 추상석 등으로
나누며 수마가 잘된 것일수록 가치 있게 여긴다.
중국 당나라, 송나라, 명나라 대에 유행하였는데 그 영향
을 받아 한국과 일본에서도 유행하기 시작했다. 서양에서는
괴테가 독일, 오스트리아, 프랑스 등 많은 나라에서 6천5백
여 점의 수석을 모았다. 지금도 프랑크푸르트에 있는 괴테
하우스와 괴테 박물관에서 전시하고 있다.

풍란정치 6

"세상에 이런 법이 어디 있어?"

정치가 국민을 지배하는 세상이다. 법이 무력 앞에 침묵하는 세상이다. 아무리 소리 질러도 서민이 죽어나가는 세상이다.

법이 윤리를 따라가지 못하면 그 나라는 망한다. 법이 개인의 억울함을 풀어주지 못하면 누구도 나서서 정의를 말하지 않는다. 정의를 말할 수 없으면 이에는 이, 눈에는 눈 '자력구제원칙'이 성립된다.

'단군 이래 최대의 비리사건' 성남 대장동 원주민 땅을 헐값으로 갈취하고 아파트 입주민에게는 처음 약속과 달리 거의 두 배나 비싼 값으로 분양해 어마어마한 돈을 챙겨간 '화천대유' '천화동인' 이들은 양심 없는 짐승 같았다.

국민 삶과 아무 상관없는 공소시효 지난 김학의는 재수사하라고 지시하고, 대장동 비리 사건에 대해서는 왜 말이 없는가. 마지못해 겨우 한마디 내뱉은 게 '엄중하게 지켜보고 있다.' 또 한참을 뜸들이다 '철저히 신속히 수사하라.'가 다였다.

결국 피의자로 사건이 있지도 않은 가짜 사건번호^{동부지검장} ^{이름을 도용}로 김학의를 2019년 3월 22일 밤 10시 출국금지 시키고 인권 유린하는 불법 수사를 강행했다.

"불법 수사에 가담한 자들을 모조리 단죄해야 공정하고 정의로운 나라다."

'화천대유^{火天大有}' '천화동인^{天火同人}'에서 화천은 태양을 의미하고 대유는 큰 만족을 의미한다. 천화는 하늘의 불을 뜻하며 동인은 함께 하는 사람을 뜻하는데 주역 64괘중에 있는 괘사^{卦辭}다.

살며 책 읽는 습관 메모하는 습관은 참 좋은 거다. 메모 잘하는 대통령을 수첩공주라고 비아냥거리더니, 남이 메모해

준 에이 퍼 용지가 없으면 인사말 한마디 건넬 수 없는 대통령을 만들어냈다.

삶은 소대가리, 남조선 특등머저리, 떼떼, 미국산 앵무새, 말 배우는 젖먹이라고 김여정이 연일 조롱해도 입 벌리고 개꼬리치는 게 주사파다. 이렇게 삼전도 굴욕三田渡 屈辱의 삼배구고두례三拜九叩頭禮를 치르고도 국민 앞에 뱀 머리 빳빳이 쳐드는 몰염치 인간이 그들이다.

이제는 몸이 고단하다고 이 시국을 깨끗이 잊을 수도 없다. 상처가 아프다고 피 맺힌 진실을 버릴 수도 없다.

"상처를 씻어주는 양심의 소리를 내라. 깨달음이 슬프지 않게 오늘을 초라하게 버리지 마라. 겨울을 견디면 봄이 온다는 희망을 전달하라. 험한 길에서 노숙하는 자유를 사랑으로 품어라."

더 빠르게, 더 높게, 더 강하게. 올림픽정신으로 말하노라.

너무 슬프면 눈물이 마른다
못 이룬 사랑을 추억에 묻을 때
밀려온 파도가 방파제에 부딪쳤다
마음 놓고 우는 것도 행복이다
너무 그리우면 할 말을 잃는다

소엽풍란 화천花天이다. 돌은 지난여름 충북 단양군 단성면에 위치한 단양향교를 방문했을 때 청암 장기만 향교장이 선물한 것이다. 고향이 단양인 장 선생은 일찍이 중국을 유학한 그림과 글씨가 탁월한 실력파다. 뛰어난 감각으로 곳곳에 행사무대와 출렁다리와 둘레 길을 계획 설치한 숨은 공로자로 그 덕이 매우 높다.

풍란정치 7

"저 놈^者들을 안 보고 살면 안 될까."

놈 자^者는 사람이란 뜻으로 사용하고 있지만, 솥에 콩을 넣고 삶는 모습을 그린 상형 삶을 자^煮에서 나왔다. 그래서 집안 형제들이 싸우면 콩가루 집안이라 하고 같은 당원끼리 싸우면 콩가루 당이라고 한다.

요즘 들어 '종전선언'을 외치는 사람들이 부쩍 늘었다. 종전선언이 곧 주한미군 철수인데 누구의 하명을 받고 일제히 움직이는가. 대책 없이 대북제재 해제, 한미연합훈련 중단을 요구하는 종전선언은 종북주의자들의 말장난에 불과하다.

이렇게 흠이 많은 사람을 흔히 '웃기는 짜장'이라고 비하한다. 짜장면도 맞고 자장면도 맞지만 짜장면이라고 부르면 왠지 정감이 더 간다. 하지만 표기할 때는 자장면煮醬麵이 옳다.

정치인 목소리만 들어도 짜증이 하염없이 올라온다. 어쩌다 화면에 보일 때면 죽음인 듯 철저히 괴롭다. 징그러운 세상 반드시 선한 끝과 악한 끝은 있다고 믿어도 두 다리를 잘라낸 희망처럼 삶의 고통이 밀물진다.

홍익인간弘益人間은 널리 인간세계를 이롭게 한다는 뜻이다. 우리나라 정치, 경제, 사회, 문화의 최고 이념으로 윤리 의식과 사상적 전통의 바탕을 이루고 있다. 그러나 현 정권이 우리 민족의 의식인 단군신화를, 또 함께 널리 세상을 이롭게 한다는 홍익인간 정신을 대놓고 밀어냈다.

"홍익인간은 추상적 개념이 아니다."

오늘도 풍란에 물을 준다. 붉은 피가 새까맣게 엉겨 붙은 현실의 성을 송두리째 허문다. 찌푸린 얼굴에 미소를 그려주는 너그러운 일상을 꿈꾼다. 보이지 않는 즐거움을 마음으로 만져본다.

'어김없이 비리가 움직이는군.'
날마다 흐린 여의도 하늘
그 섬에 둥지 튼 사람들은 얼마나 지겨울까
태양은 몸을 태울 뿐 자신을 비치지 않는다
나무는 가물어도 자신의 열매를 먹지 않는다
마음 따뜻한 사람이 좋은 인연을 만든다

돌에 붙어사는 풍란은 세월 가며 잎과 뿌리가 분재처럼 작아진다. 소엽풍란 설산인데 처음부터 단엽이었던 것처럼 작아질 때로 작아졌다. 다른 돌에 붙어살던 것을 떼어내 필요 없는 부분은 모두 발라내고 임진강에서 탐석한 이 돌에 붙였다.

너무 오래 묵은 탓인지 여간해서 뿌리를 내리지 못했다. 겨우 내린 뿌리도 실낱같이 가늘다. 꽃시장에서 구입한 배양종이라 그런지 한 번도 접하지 못한 자연을 그리워하는 것 같다.

풍한정치 8

"북한이 동해에 미사일 쏘면 남한은 평양 주석궁에 돈을 쏜다."

고작 영화 한 편 보고 탈원전한다고 수수만년 이어온 금수 강산을 망가트린 인간이 있다. 그리고 탈원전을 수령님 말씀 으로 알아들은 인민들이 벌떼같이 들고일어나 마치 만물이 살아갈 천지창조 하듯 우거진 산림을 순식간에 초토화시켰다.

옛날 영화관 벽에는 대형거울이 유난히 많았다. 영화를 감상하고 그 내용에 도취되어, 자신이 주인공이라는 착각에 빠져, 상상 속을 헤쳐 나오지 못할 때 '니 꼬락서니를 보라.'고 말해주는 거울이었다. 다시 말해 영화와 현실을 구분하라고 벽면마다 거울이 있었던 것이다. 그러나 한 인간은 그 거울을 보고도 깨닫지 못한 채 나라에 막대한 손해를 끼쳤다. 이제는 국민이 들고 일어나 손해배상청구를 해야 한다.

"공산당에게 국민은 없다. 오직 통치가 목적이다."

정부가 국민에게 증오를 살포했다. 이어서 우리는 우리끼리 증오의 전쟁을 시작했다. 검은 휴식의 밤에도 하얀 일상의 낮에도 서로가 서로에게 쉬지 않고 증오의 총을 사정없이 갈겨댔다.

갓 태어나는 아이에게 막대한 빚을 짊어지게 한 인간이 누구인가. 이 땅에 태어나 젖꼭지 물고 칭얼대는 것이 그렇게도 죄가 되는가. 국민을 우습게 보는 사람을 지도자로 선택하면 그 순간부터 모든 국민은 불행해진다.

선거철이 다가오면 서로 자서전을 펴내고 책값이라는 명목으로 후원금을 모금한다. '남이 대필한 자서전은 자서전이아니다.' 자서전은 본인이 직접 써야 자서전이다. 남이 대필한 자서전을 자신의 자서전이라고 발표하는 사람은 이 세상에서 가장 무식하고 후안무치厚顔無恥 인격의 소유자다.

이미 천지 창조는 끝났다
푸른 숲이 우리의 보금자리다
사는 집을 허무는 어리석은 인간이여
거울을 보고 현실을 직시하라

수석을 취미로 탐석하는 후배가 준 토끼귀돌에 일반 풍란을 붙였다. 이태 동안 자란 풍란은 여름이 오는 길에서 흰 꽃을 기대만큼 보여주었다. 강한 햇볕에 그을린 빛바랜 잎을 새잎이 나와 덮어주고 있다.
"내 안에 네가 있고, 네 안에 내가 있다."
풍란과 수석은 서로 위로하며 살았다.

풍란정치 9

"그놈 성질 한번 고약하네."

자신의 집 근처에 발효퇴비 뿌렸다고 핏대를 거칠게 끌어 올린 인간이 있다. 사는 데 퇴비 냄새가 싫어서라고 했다. 농촌에서 농민이 농번기에 자신의 밭에다 퇴비 내는 게 당 연한 일 아닌가. 일 년 농사를 위한 적정한 수고가 아닌가.

포악한 인간은 이미 뿌려진 퇴비를 당장 치우라고 거듭 공갈 협박했다.

'법이 아닌 것으로써 일을 처리한다면 반드시 하늘이 벌을 내릴 것이다.' 정약용의 말을 뒤로하고 결국 만만한 하급 공무원이 떼거리로 달려와 밭에 널려있는 퇴비를 치우고 말았다. '아, 불쌍한 농민은 무엇으로 사는가. 목숨을 연명해야 할 한해 농사는 어떻게 하는가.' 한해 농사를 망치면 온 가족이 굶어야 한다. 악마와 더불어 사는 사람을 이웃하면 한평생 불행하다.

어느 날, 조선 태조 이성계가 각도 사람들의 특징을 물었고 정도전鄭道傳이 답하였는데,

"경기도 사람은 거울에 비친 미인 경중미인鏡中美人이고, 충청도 사람은 맑은 바람과 밝은 달빛 청풍명월淸風明月이고, 전라도 사람은 바람에 하늘거리는 가는 버드나무 풍전세류風前細柳이고, 경상도 사람은 소나무와 대나무의 곧은 절개 송죽대절松竹大節이고, 강원도 사람은 바위 아래의 늙은 부처 암하노불岩下老佛이고, 황해도 사람은 봄 물결에 돌을 던진 춘파투석春波投石이고, 평안도 사람은 산속의 사나운 호랑이 산림맹호山林猛虎이고, 함경도 사람은 진흙탕에서 싸우는 개처럼 악착같은 이전투구泥田鬪狗입니다."

이 말에 함경도가 고향인 태조의 안색이 변하자 정도전은

재빨리 함경도 사람은 돌밭을 가는 소 같은 우직한 품성 석전경우石田耕牛라고 고쳐 말했다

'하나님 의사당에 한 번만 불벼락을 내려주옵소서.' 나의 기도에 하나님 음성은.

"얘야, 저들은 의사당 지붕에 날카로운 피뢰침을 세웠고 그것도 모자라 300개의 피뢰침을 가슴마다 하나씩 세워놓고 산단다."

악마와 손잡은 정치인이여
차라리 국민을 모른 체 하라
당신이 사라져야 국민이 행복하다
그리고 목숨을 죽음이 수거하면
제발 무덤 속에서 나오지 마라
나는 내가 죽을 것을 알지만
죽지 않을 것처럼 살아 네 끝을 보겠다

천안시 성남면에 위치한 처갓집 앞 밭둑에 버려진 돌인데 저 혼자 설 수 없어 바르게 뉘여 놓고 가슴께쯤에 일반소엽 풍란을 붙였다. 돌의 고동소리를 들음으로 호흡에 탄력이 붙고 곧바로 건강한 잎과 튼실한 뿌리를 보일 것이다.

서울에서 개인택시 하던 사람이 성남면으로 귀농했다. 밭

에다 몇 십 그루 사과나무를 심었다.

'어떻게 하려고, 농약만 해도 일 년에 이십여 번 뿌려줘야 하는데.' 남일 같지 않았다.

어느 틈에 이동식 농막을 갖다 놓았다. 배부른 항아리를 갖다 놓았다. 크고 작은 돌들을 곳곳에 늘어놓았다.

몇 년 후, 빈집에 부는 바람이 쓸쓸했다. 깨진 항아리가 보였다. 돌 대부분이 사라지고 없었다. 그는 귀농에 실패하고 벌써 서울로 돌아갔다.

풍란정치 10

"공산당이 싫어요."

이 말을 듣고 발작하는 사람들은 도대체 누구인가.

붉은 달이 떠 있는 시대의 비극, 나는 지금 인생의 나무 어디쯤 매달려있을까. 굵은 나무기둥일까 가느다란 가지 끝 일까.

분석적 사고와 직관적 사고가 있는데,

분석적 사고는 상대적으로 늦게 발달된 사고체제로서 인간의 이상적, 논리적 사고를 가능케 하고 의식적으로 통제할 수 있다.

직관적 사고는 오래전부터 존재해온 인간의 사고체제로서 주어진 상황에 신속하게 작동하는 특성을 가지고 있다. 순차적으로 진행되는 것이 아니라 자신이 인지하지 못하는 가운데 작동된다.

'스타벅스' 하워드 슐츠 회장이 말했다.

우리나라 정치인들도 대부분 단순 직관적 사고의 인간이므로 법안이 직관적이고 감성적이다. 또 인성이 부족해 패거리, 거수기 정치를 한다.

"자유에 가격이 없다. 국민으로 살 건가, 인민으로 살 건가, 마음먹기에 달려있다."

나 하나 투표 안 했다고 무엇이 달라지겠냐고 하지마라. 1923년 아돌포 히틀러는 단 1표 차이로 나치당의 총수로 당선되었다.

이미지 흐름만 있을
의식의 존재 나는 모른다
복잡한 주체로 태어난 생명이

서로 의식을 빈틈없이 연결하는
그런 체온의 느낌 나는 모른다
조물주는 어째서 우리 곁에
악마의 노래를 떼 지어 부르는
짐승 같은 정치인을 만들어 냈을까

이렇게 풍란과 석곡 넉줄고사리 이끼는 사철 변함없는데 대한민국은 어쩌자고 혼미한 타락 공산주의로 침몰하는가. 오늘도 돌에 뿌리내린 풍란에 물을 주며, 뾰족한 주둥이를 디밀고 피를 빨아먹는 붉은 사상 모기 인간을 파리채로 냅다 후려쳤다.

상심한 나의 마음이 피 박살났다. 이제는 파리채도 소용없어 모기약을 뿌렸더니 이내 풍란이 생육을 멈췄다. 그리고 스스로 목맨 것처럼 시들해졌다. 올해도 긴 꼬리란꽃 보기는 애초부터 글렀다.

풍란꽃 본질은 하얗다. 붉은 꽃은 돌연변이다. 풍란의 파란 잎에 인간 피가 새까맣게 엉겨 붙은 피딱지를 장독대의 정화수 정성으로 씻어냈지만 어림없다. 마침내 부엌 조왕신을 불러내 나와 한 가족인 풍란의 안녕을 빌었다.

"꽃잎 스친 바람으로 거대한 악을 쓰러트려야 할 운명, 인간과 우주가 지배받는 필연적인 힘 운명運命 을 나는 안다."

"이제는 국민이 들고 일어나 지긋지긋한 동물정치를 끝장
내야 한다."

풍란의 향기

유재원 지음

발 행 처 · 도서출판 청어
발 행 인 · 이영철
영 업 · 이동호
홍 보 · 천성래
기 획 · 남기환
편 집 · 방세화
디 자 인 · 이수빈 | 김영은
제작이사 · 공병한
인 쇄 · 두리터

등 록 · 1999년 5월 3일
(제321-3210000251001999000063호)

1판 1쇄 발행 · 2022년 1월 10일

주소 · 서울특별시 서초구 남부순환로 364길 8-15 동일빌딩 2층
대표전화 · 02-586-0477
팩시밀리 · 0303-0942-0478

홈페이지 · www.chungeobook.com
E-mail · ppi20@hanmail.net
ISBN · 979-11-6855-009-4(03810)